Klara Seewald

Das Licht dieses Sommers

rütten & loening

Klara Seewald wurde in Freiburg im Breisgau geboren und arbeitet als Reisejournalistin. Sie liebt es, in alte Familiengeschichten und Legenden einzutauchen, die sich um Landschaften und geheimnisvolle Orte ranken. Wenn sie nicht auf Reisen ist, lebt sie mit Mann und Tochter und ihrem Hund Moritz in Basel.

Schwarzwald 1958: Das Jagdschloss Sonnbach erhebt sich in den Hügeln des Südschwarzwaldes mit weitem Blick über den Rhein. Doch die Idylle trügt. Längst wirft die Holzwirtschaft für Familie Cehringer nicht mehr genug ab, um den Besitz erhalten zu können. Als sich ein Besucher ankündigt, der trotz seiner Jugend, beflügelt vom Wirtschaftswunder, zu einem enormen Vermögen gekommen ist, wittert Familienoberhaupt Juliane ihre Chance. Bernhard ist nicht nur reich, er scheint sich immer noch für Alexandra, die Tochter des Hauses, zu interessieren. Alexandras Pläne aber führen schon bald zu einem Konflikt, der kaum lösbar scheint.

Klara Seewald

Das
Licht dieses
Sommers

Roman

rütten & loening

MIX
Papier | Fördert gute Waldnutzung
FSC® C014496

ISBN 978-3-352-00990-7

Rütten & Loening ist eine Marke
der Aufbau Verlage GmbH & Co. KG

1. Auflage 2023

Umschlaggestaltung U1berlin, Patrizia Di Stefano
unter Verwendung mehrerer Motive von
© Steffen Egly / Getty Images, © Katsumi Murouchi /
Getty Images und © Ildiko Neer / Trevillion Images
Gesetzt durch Greiner & Reichel, Köln
Druck und Binden GGP Media GmbH, Pößneck
Printed in Germany

www.aufbau-verlage.de

Schloss Sonnbach
1958

• 1 •

Ein Sommermorgen

Am Ufer des Sees, zwischen Ebereschen, Buchen und blauschwarzen Tannen kaum zu sehen, kam der Wagen der Bäckerei nur langsam voran. Der Fahrer drosselte das Tempo, denn die Straße zum Schloss war nicht asphaltiert. Obwohl der Bäcker foh war, das Schloss beliefern zu dürfen, wollte er seine Reifen nicht ruinieren.

Die Natur schien überall in Wettstreit zu treten. Der Lerchensporn, die Witwenblume, der bittersüße Nachtschatten, der weiß blühende Thymian, das Eisenkraut mit seinen winzigen Blüten, Fuchsschwanz-Klee und Ochsenzunge, Blutweiderich, Salbei, Lattich, Heide-Nelke, sie alle überflügelten einander, bogen sich im Wind der Wiesen auf den Hängen des Südschwarzwaldes, dessen Wasser nur eine Richtung kannte, hinunter zum Rhein. In den Schluchten, die Deutschland von der Schweiz trennten, war der Fluss noch kein Strom, sondern ein jugendlich springendes Wasser, genährt aus den Bergen.

Wie jeden Tag dachte der Bäcker auch heute, dass die Cehringers ihre Zufahrt endlich renovieren lassen sollten. Was gab das denn für ein Bild ab? Wer von Süden kam, entdeckte das Renaissanceschloss schon aus der Ferne, wie es sich aus den Hügeln erhob, doch die Straße dorthin war in einem Zustand, als sollten sich Besucher ihren Weg erst mühsam bahnen.

Vor ihm tauchte das Jagdschloss auf, erbaut in einer Zeit, als Luther die Bibel übersetzt und die Spanier die Azteken besiegt hatten. In fast hundert Jahren hatte die Familie Cehringer das Gemäuer aus Ruinen wieder in ein Schloss zurückverwandelt. Sonnbach galt als Stolz der ganzen Gegend. Dass die Cehringers in Schwierigkeiten waren, durfte man schon mehr als ein Gerücht nennen, aber niemand im Umkreis hätte das hinausposaunt. Auf diese Familie ließ hier keiner etwas kommen.

Der Bäcker überquerte die Brücke, unter der sich der Schlossgraben dahinzog, er führte im Sommer nur wenig Wasser. Der Anblick, der nun folgte, gehörte zum Höhepunkt seines Tages. Was die Menschen vor fünfhundert Jahren erdacht und erbaut hatten! Der Mittelturm von Sonnbach lag in direkter Linie zum Springbrunnen, der die Wiese in vier gleiche Teile gliederte. Die Seitentrakte waren symmetrisch angelegt und wurden von zwei kegelförmigen Türmen bekrönt. Über der höchsten Spitze wehte der Wimpel der Familie, ein Ritter mit einer Rose, der sich über einen besiegten Drachen beuge.

Das knatternde Bäckereiauto durchquerte das Häuschen der Toreinfahrt. Im Stockwerk darüber hatte Marcello, ein Angestellter, sein Zimmer. Täglich wurde er von diesem Geräusch geweckt. Der Bäcker passierte den Wagenpark und den Ziehbrunnen, bevor er auf der Rückseite des Gebäudes ausstieg und den Korb mit den Backwaren, den Semmeln und Wecken vom Wagen hob. Zwei Brötchen fielen zu Boden, er wischte sie an seiner Schürze sauber, bevor er sie in den Korb zurückwarf. Dann trat er mit dem Fuß zweimal gegen die Luke im Fundament, sie öffnete sich, und er stellte den Korb an den obersten Punkt einer Rutsche.

Brot und Brötchen nahmen ihren rasanten Weg abwärts in die Schlossküche, die sich traditionell im Untergeschoss befand. Als der Korb ankam, purzelten neuerlich Semmeln heraus. Der Küchenchef sammelte sie auf und legte sie in einen kleineren Korb, den er auf den Tisch stellte, an dem das Frühstück für die Familie vorbereitet wurde. Jedem Tablett teilte er zwei Brötchen im silbernen Servierkörbchen zu.

Das erste Tablett wanderte zur Anrichte, wo Hände in weißen Handschuhen es entgegennahmen. Die Hände gehörten dem dreizehnjährigen Rudolf, der im Schloss als Kellner angelernt wurde. Rudolf kontrollierte die silberne Tee- und die Milchkanne, die Zuckerdose und stellte eine Vase mit Feldblumen auf das Tablett.

Durch die Halle im Erdgeschoss machte er sich über die Freitreppe auf den Weg ins Obergeschoss, wo er einen Korridor durchqueren musste. Mehrmals war Rudolf schon getadelt worden, weil der Tee die Zimmer nur noch lauwarm erreichte. Die Wege waren einfach zu lang.

Vor der Schlafzimmertür von Juliane Cehringer begegnete ihm Tante Leonie, die Alterslose, wie man sie nannte, weil niemand es wagte, ihr rätselhaft hohes Alter zu erwähnen. Die weiße Dauerwelle saß makellos, die grauen Augen strahlten wie in Jugendtagen. Leonie hatte die Brille über der Brust baumeln, gab sich aber gern den Anschein, als brauche sie sie gar nicht.

»Gib her, sonst verschüttest du nur alles«, sagte die Tante, da ein Lehrling allgemein noch nicht als fertiger Mensch angesehen wurde. »Mach mir die Tür auf.« Leonie übernahm das Tablett und trat ein. Der Raum war leer. Von nebenan hörte man lautes Gurgeln.

»Julie, das Frühstück«, rief die Tante. »Vorhin ist ein Telegramm gekommen. Ich lege es dir dazu.« Sie rückte Julianes Lieblingsstuhl an den Frühstückstisch.

Juliane Cehringer kam fertig angezogen aus dem

Bad. »Bist du sicher, dass der Doktor gesagt hat, dass man das Gurgelwasser schlucken soll?«

»Nein, das hast du gesagt. Ich glaube, es ist giftig. Ich kann dir heute nicht Gesellschaft leisten. Unten ist zu viel los.« Leonie wandte sich zum Gehen.

»Warum bist du dann überhaupt heraufgekommen?«

»Um dir das Telegramm zu bringen.«

»Ich komme gleich nach.« Juliane nahm Platz, öffnete das Kuvert und las die wenigen Zeilen. Las sie noch einmal langsam, um sicherzugehen, dass sie alles richtig verstand. »Das kann doch nicht wahr sein!« Sie sprang auf. »Johann soll sofort zu mir, ich brauche …« Sie bemerkte, dass sie bereits wieder allein war. Hastig griff sie zum Haustelefon.

»Ist Johann bei Ihnen? – Wieso nicht? – Dann lassen Sie ihn suchen. Ich muss ihn sprechen. – Haben die *Prinzen* schon gefrühstückt? Und Alexandra?« Ungeduldig verdrehte sie die Augen. »Sie müssen doch wissen, ob die Tabletts hinaufgeschickt wurden. – Was wissen Sie überhaupt? Beeilen Sie sich! Franz und Michael müssen geweckt werden, Alexandra soll ihre Unterrichtsstunde ausfallen lassen. Aber vor allen Dingen brauche ich Johann!« Sie warf den Hörer auf die Gabel. »Ich bin von Taugenichtsen umgeben.«

Es klopfte.

»Ja!«

Die Tür öffnete sich langsam, ein Ächzen war zu hören.

»Wer ist da?«

»Pardon …« Ein Husten.

»Geben Sie sich zu erkennen.«

»Mir ist der Bleistift hinuntergefallen.« Johann Kober war ein kleiner Mann. Einmal aufgerichtet, stand er kerzengerade da, das Kinn erhoben, um wenigstens ein paar Zentimeter an Augenhöhe zu gewinnen. Mit den Jahren war er kräftiger geworden. Das Gewicht machte seinen Hüftgelenken zu schaffen, weshalb Johann sich einen wiegenden Gang angewöhnt hatte, der verschleierte, dass er hinkte. Was ihm an Größe fehlte, überwand er durch napoleonisches Selbstbewusstsein.

»Johann?« Juliane zeigte auf das Telefon. »Ich habe Sie gerade erst rufen lassen. Wie sind Sie denn …?«

»Ich habe Fräulein Leonie auf der Treppe getroffen, und als sie mir von dem Telegramm erzählt hat, wusste ich, dass Sie mich brauchen, Frau Cehringer.«

»Mein guter Johann. Immer fünf Schritte voraus.« Juliane stutzte. »Wie konnte Leonie denn wissen, was in dem Telegramm …?«

»Der Absender«, fiel ihr Johann ins Wort. »Der Absender ist Frankfurt. In Frankfurt kennen wir im Grunde nur eine Person.«

»Wir?«

»Sie – und Ihre Tochter natürlich.«

»Das haben Sie alles lediglich aus dem Absender geschlossen?«, rief Juliane beeindruckt.

»Was macht einen guten Diener aus, Frau Cehringer?«

»Sie sind kein Diener. Sie sind die Stütze des Hauses, Johann.«

»Es ist die Gabe des Vorausschauens«, fuhr er fort. »In unserem Haus, besonders seit Sie das Hotel eröffnet haben, muss ich voraussehen, wann die Herrschaften hungrig werden, damit das Essen bereitsteht. Ich sehe voraus, wann sie müde sind, schon wird das Bett aufgeschlagen. Ich weiß es, bevor sie selbst es wissen.«

Juliane wies auf den Stuhl gegenüber. »Bitte, Johann, nehmen Sie einen Augenblick Platz.«

»Ich stehe lieber, wenn Sie gestatten, Frau Cehringer.«

»Lassen Sie das Personal kommen, vom Zimmermädchen bis zum Barpianisten. Ich möchte, was ich zu sagen habe, nicht unnötig wiederholen müssen. Wenn alle es hören, kann es kein Missverständnis geben.«

»Ich kümmere mich darum.«

»Vor allem brauche ich den Weinkellner und den Küchenchef. Besonders den Küchenchef. Die Menüs lassen in letzter Zeit zu wünschen übrig.« Sie blickte zu ihm hoch. »Wollen Sie sich nicht ein paar Notizen machen?«

»Das kann ich noch behalten, Frau Cehringer.« Ein sekundenkurzes Lächeln. »Wenn ich mir den Vorschlag erlauben darf, sollten wir auch den Hausgärtner verständigen?«

»Wozu?«

»Ich darf daran erinnern, dass derjenige, den wir erwarten, gern Fußball spielt. Die Wiese hinter dem Haus müsste geschnitten werden.«

»Exzellenter Einfall, Johann.«

»Ich mache mich gleich an die Arbeit.«

Juliane sprang auf. Da sie schneller war als er, ließ Johann ihr den Vortritt. Sie eilte den Flur hinunter und betrat ein abgedunkeltes Zimmer.

»Du schläfst noch?« Mit einer kräftigen Bewegung zog sie die Vorhänge auf.

Ein blonder Haarschopf drehte sich herum. Große blaue Augen öffneten sich. »Mutter, ich habe von einer Atlantiküberquerung im Segelboot geträumt.«

»Wir haben kein Segelboot, und der Atlantik ist weit. Du musst dich anziehen.«

»Was ist los?« Alexandra schlug die Decke zurück.

Das war die junge Sonnbach, hellwach vom ersten Augenblick, eine Flamme, die emporschoss. Ausgestattet mit einer Energie, die Angst machen konnte. Bei Alexandra gab es kein Später. Sie erledigte alles in der Gegenwart. In ihrem türkis karierten Schlafanzug sprang sie aus dem Bett.

»Seit Jahren habe ich das befürchtet.« Juliane begleitete ihre Tochter ins Bad. »Jetzt ist es passiert.«

»Ist jemand gestorben?« Alexandra putzte sich die Zähne.

»Vorhin ist ein Telegramm gekommen.« Juliane las vor. »*Herr Bernhard Ginneck beehrt Sie am 23. des Monats mit einem dreitägigen Besuch. Bitte reservieren Sie das gewohnte Turmzimmer im blauen Trakt. Herr Ginneck wird am 23. erst spätnachts eintreffen, hofft aber, die Familie Cehringer am nächsten Tag begrüßen zu dürfen.* – Na, was sagst du?«

Alexandra steckte das Haar hoch. »Warum so förmlich? Bernhard könnte doch einfach herkommen. Das Telegramm klingt, als ob ein König sich ankündigt.«

»Das macht mich ja so nervös. Vor allem, dass er nur drei Tage bleibt. Ich bin alarmiert.«

»Weshalb?«

Juliane lief zum Frühstückstisch voraus. »Du musst etwas essen. In letzter Zeit schläfst du zu lange.«

»Es ist Sommer, Mutter. Selbst in unserer Höhe kann man nachts endlich draußen sitzen und …«

»Und ein Glas Wein zu viel trinken«, rügte die Mutter. »Und dann verschläfst du den halben Tag.«

»Ich habe gleich meine Stunde. Die hätte ich bestimmt nicht verschlafen.«

»Deine Trainingsstunde fällt heute aus. Es gibt Wichtigeres.«

»Wegen Bernhard?«

»Wir müssen uns vorbereiten. Der Dreiundzwanzigste ist bereits morgen.«

»Und die Staatsmeisterschaften sind schon im September. Darauf muss *ich* mich vorbereiten.«

»Dein Fechtturnier kümmert uns im Augenblick nicht. Ich habe Sorge, was der Besuch Ginnecks bedeutet.«

»Warum?« Staunend ließ sich Alexandra von ihrer Mutter Kaffee eingießen.

»Der Bernhard Ginneck, den wir vor drei Jahren kennengelernt haben, ist nicht mehr der Bernhard Ginneck von heute.«

Alexandra machte eine wegwerfende Geste. »Bernie war damals ein Angeber, und er dürfte heute immer noch ein Angeber sein.« Sie ließ drei Stück Zucker in die Tasse fallen.

»Er ist aber ein überaus erfolgreicher Angeber geworden. Die Zeitungen sind voll davon.«

»Jeder ist heutzutage erfolgreich«, lachte Alexandra.

»Was willst du damit sagen?«

»Wir haben *Wirtschaftswunder*, Mama. Deutschland ist auf dem Weg nach oben. Was die Leute auch anpacken, alles wird zum Erfolg.«

»Ich darf dich daran erinnern, dass uns das Wirtschaftswunder bisher *verschont* hat. Das Sägewerk schreibt rote Zahlen. Der Borkenkäfer wütet in unseren Wäldern. Viele Bäume können wir nur noch als Brennholz verkaufen.«

»Ich weiß, Mutter. Ich habe dich auf diese Krise ja erst hingewiesen. Und weil unser Kerngeschäft, die Holzverarbeitung, eine Flaute erlebt, haben wir Schloss Sonnbach zusätzlich auf Gastronomie umgestellt.«

Juliane streichelte den Arm der Tochter. »Deine Idee war unsere Rettung, mein Liebling. Das Schlosshotel hat einen wunderbaren Start hingelegt, aber die Kredite, die wir dafür aufnehmen mussten, lasten schwer auf unseren Schultern.«

»Ich habe immer noch nicht verstanden, wie du das mit Bernhards Besuch in Verbindung bringst.«

»Er liebt dich«, sagte Juliane mit plötzlichem Ernst. »Zumindest hat er dich damals geliebt. Vor drei Jahren hat er dir intensiv den Hof gemacht. Und du …«

»Ich habe ihm einen Korb gegeben, weil er mir auf die Nerven gegangen ist mit seinem Getue und der Angeberei, wie schnell er reich werden würde.«

»Aber er hat recht behalten und in nur drei Jahren ein Vermögen gemacht«, seufzte Juliane.

»Was hat das denn mit uns zu tun?« Alexandra warf den Eierlöffel hin.

»Das müssen wir herauskriegen.« Juliane drehte den Pfefferstreuer zwischen den Fingern. »Besser gesagt, du wirst es herauskriegen. Ich habe eine schreckliche Befürchtung, Alexandra.«

»Was denn, Mutter, was?«

»Dass Bernhard nach Sonnbach zurückkommt, um sich an dir zu rächen.«

• 2 •

Wutzel

Tante Leonie thronte an ihrem Schreibtisch und wippte in dem Drehsessel aus Kirschholz, in dem angeblich bereits ein Fürst von Metternich gesessen hatte. »Alexandra – und Bernhard Ginneck?« Sie wiegte den Kopf. »Da ist Krieg angesagt. Wenn nur dein Hubert noch am Leben wäre«, sinnierte sie. »Er wüsste mit der Situation umzugehen.«

»Mein seliger Hubert könnte uns in dieser Lage auch nicht helfen.« Juliane lief vor dem Schreibtisch auf und ab. »Aber es gibt Situationen, in denen es unangenehm ist, keinen Mann im Haus zu haben. Manchmal können sie nämlich ganz nützlich sein.«

»Aber nur manchmal.«

»Ich bin froh, dass wir wenigstens Johann haben. Ohne ihn könnte ich mir die Organisation der kommenden Tage schwer vorstellen.«

»Du und dein Johann. Du bindest dich zu sehr an den alten Mann.«

»Wie kannst du so reden? Johann hat mich als Baby auf den Knien geschaukelt – und Alexandra natürlich auch. Die beiden sind bis heute die dicksten Freunde.«

»Er ist zu alt. Seine Pflichten wachsen ihm über den Kopf. Du solltest dich nach einem Jüngeren umsehen.«

Juliane musterte Leonie, die Alterslose. »Soll ich mich für deine Aufgabe etwa auch nach einer Jüngeren umsehen?«

Aus eisblauen Augen sah Leonie ihre Nichte an. »Bei mir ist das etwas anderes. Bei mir schlagen die Jahre nicht zu Buche.«

»Und was war letzten Winter, als du die Kellertreppe hinuntergefallen bist?«

»Sie war vereist.«

»Du hast dir das Handgelenk gebrochen. Seitdem kannst du nicht mehr richtig schreiben.«

»Ich diktiere meine Briefe und lasse sie abtippen. Wir leben im zwanzigsten Jahrhundert.«

Juliane ließ sich auf einen Stuhl sinken. »Ich mag das zwanzigste Jahrhundert nicht.« Sie wies auf die alte Zimmerdecke, die von rauchgeschwärzten Balken getragen wurde. »In der Blütezeit unseres Schlosses hat man Rachefeldzüge mit dem bloßen Schwert ausgetragen. Wenn Ginneck sich wirklich an Alexandra rächen will, genügen ein paar Telefonate, und wir sind erledigt.«

»Ich glaube nicht, dass Rache der Grund für seinen Besuch ist.«

»Alexandra hat den armen Kerl damals wirklich schlecht behandelt, geradezu demütigend.«

»Er liebt sie immer noch«, konstatierte Leonie.

»Woher willst du das wissen?«

»Ich spüre so etwas.«

»Natürlich, du bist ja Expertin in *Liebesdingen.*« Juliane rollte die Augen.

»Zu meiner Zeit habe ich …«

»Bitte verschon mich. Mir sind die Histörchen über deine Verhältnisse mit dem bayerischen Hochadel bekannt.«

»Das sind keine *Histörchen.* Ich war berühmt für meine Augen.«

Juliane stand auf. »Ich muss jetzt mit den Jungen sprechen.«

»Was haben die Bengels mit Ginnecks Besuch zu tun?«

»Franz und Michael sind keine kleinen Kinder mehr. Ihr Interesse an den *Vorgängen der Natur* ist erwacht. Daher haben sie die dumme Angewohnheit, ihre Schwester jedes Mal aufzuziehen, wenn sie sich mit einem Mann verabredet.«

Leonie winkte ab. »Vielleicht will Ginneck auf Sonnbach nur ausspannen und sehen, wie es Alexandra ergangen ist. Sein Besuch könnte in Wahrheit ganz harmloser Natur sein.«

»Du kannst dir diese Sorglosigkeit leisten. Ich will für alles gewappnet sein. Deshalb spreche ich jetzt mit meinen Söhnen.«

Sie ließ Leonie hinter dem Schreibtisch zurück und eilte über den Innenhof, wo die Pferde angespannt wurden. Auch im 20. Jahrhundert gehörte es in Sonnbach zum Service, ankommende Gäste nicht mit dem Auto, sondern mit der Pferdekutsche vom Bahnhof abzuholen.

Juliane lief in den Rittersaal. Wenn die Jungs nicht draußen waren, hielten sie sich in der heißen Jahreszeit am liebsten in der Halle auf, dem Herzstück des Schlosses, wo sie nach Herzenslust schlittern konnten. Beim Eingang, den zwei Geharnischte in blau schimmernden Rüstungen bewachten, blieb Juliane überrascht stehen. Die Jungs knieten auf dem Sternparkett, aber sie waren nicht allein. Wie ein gemütlicher Brummbär saß Johann bei ihnen, was in seinem akkuraten Gehrock seltsam aussah.

»Johann, was geht hier vor?«, fragte Juliane.

»Das Flugzeug ist abgestürzt, Frau Cehringer«, antwortete er wahrheitsgemäß.

»Flugzeug – was – wie?«

Als Beweismittel hielt Franz, der Ältere, der Mutter ein ramponiertes Modellflugzeug hin. »Es ist gegen das Fenster gekracht.«

»Ist das Fenster zerbrochen?« Erschrocken sah sie sich um. Die Butzenscheibengläser im Rittersaal befanden sich im Originalzustand. Sie waren so alt wie das Schloss selbst. Für jeden Bruch musste Juliane einen Glasbläser aus Donaueschingen kommen lassen, was ein Vermögen kostete.

»Es ist nichts passiert«, beeilte sich Johann zu sagen.

»Aber es fliegt nicht mehr«, ließ sich der kleine Michael vernehmen.

»Es wird hier drinnen auch zu keiner Zeit je wieder fliegen«, rief Juliane im Ton eines Generalfeldmarschalls. »Flugzeuge fliegen im Freien. – Johann, warum sitzen Sie auf der Erde?«

»Er hilft uns, das Gummigewinde zu reparieren«, erklärte Franz.

»Johann hat mit meinen Aufträgen genug zu tun«, fuhr sie die Buben an, meinte damit aber den alten Mann. »Nicht wahr, Johann?«

»Gewiss, Frau Cehringer.« Es kostete ihn einige Mühe, erst auf das eine Knie, dann auf das andere zu kommen und schließlich aufzustehen.

»Lassen wir das Flugzeug eben draußen fliegen.« Michael wollte zur Tür.

»Ihr bleibt hier.« Die Mutter trat ihnen in den Weg. »Ich habe mit euch zu sprechen. – Danke, Johann.«

Mit seinem wiegenden Gang verließ der alte Mann den Saal, doch statt auf den Innenhof zu gehen, öffnete er eine Tür an der Schmalseite und trat auf den gekiesten Weg, der hinter dem Haus in den Wald führte. Johann brauchte nur ein Wiesenstück zu überqueren, schon empfingen ihn die Tannen und Kiefern, das Brombeergestrüpp und der geheimnisvolle Schatten, der nirgends geheimnisvoller war als im südlichen Schwarzwald. In diese Welt tauchte Johann fast jeden Tag ein, wenn er während seines Dienstes einmal durchatmen wollte. Wo wäre das Durchatmen schöner gewesen als in *seinem* Wald?

Dort, wo die Bäume nicht so dicht standen, flutete die Sonne bis auf die Erde und durchwärmte den Boden. Herrlich roch das nach Tannennadeln, morschem Unterholz und winzig blauen Waldblümchen. Nirgends waren die Felsgebilde wie bei ihnen, wie schlafende Ungeheuer sahen sie aus, grauschwarz und mit Moos bewachsen. Fuchshöhlen zogen sich darunter hin, die Ameisen häuften ihre Hügel am liebsten zwischen windgeschützten Felsen auf. Sommer im Schwarzwald bedeutete jene herrlich langen Tage, an denen man sich nicht vorstellen konnte, dass es irgendwann wieder trüb und stürmisch werden sollte.

Johann sog die Luft ein. Das Gras duftete vom letzten Gewitter. Sobald es noch einmal stark regnete, würden auf dieser Lichtung Pfifferlinge sprießen. Dann musste man sich beeilen, denn der Platz war den Pilzsuchern wohlbekannt. Wer als Erster kam, dem winkte die reichste Beute. Johann nahm sich vor, den kleinen Rudolf zum Pilzesuchen in den Wald zu schicken. Auf der Speisekarte würde es tagelang die herrlichsten Gerichte mit Pfifferlingen geben.

Er atmete mehrmals tief durch, aber sein Ärger verflog nicht. Frau Cehringer hätte wissen müssen, dass er ihre Aufträge bereits in die Tat umgesetzt hatte. Die Gärtner holten die Sensen zum Grasschneiden heraus. Der Küchenchef saß über den Rezeptbüchern, um Menüvorschläge zu machen. Der Weinkeller wurde auf fehlende Bestände überprüft. Im blauen Turmzimmer war der Hausmechaniker zugange, um einen tropfenden Wasserhahn zu reparieren und die lose Seidentapete anzukleben.

Das alles hatte Johann angeordnet und das Personal außerdem nachmittags zum *Rapport* bei Frau Cehringer bestellt. Er hatte sich also durchaus um das verunglückte Spielzeug der Prinzen kümmern dürfen. Lächelnd legte Johann die Arme auf den Rücken. Es brauchte einige Phantasie, um die beiden Fratzen als *Prinzen* zu titulieren. Alexandra hatte sie einmal so genannt, und die Bezeichnung war ihnen geblieben.

Die Mittagszeit rückte näher. Selbst in dieser Höhe verzogen sich jetzt die meisten in den Schatten. Obwohl Johann durch den Wald spazierte, wurde auch ihm zu heiß. Er erlaubte sich, den Gehrock auszuziehen, und warf ihn über die Schulter. Bis zum alten Holzzaun wollte er noch gehen, der das Schlossgrundstück von den landwirtschaftlichen Flächen abgrenzte. Dann war es Zeit, umzukehren. Er hatte Lust, das Mittagessen in der Gesindeküche einzunehmen und nicht auf seinem Zimmer. Zwar störten ihn Klatsch und Tratsch der Angestellten, aber es sollte Burgunderbraten geben, der schmeckte am besten, wenn er frisch aus dem Ofen kam.

Der verwitterte Zaun war noch nicht in Sichtweite, als Johann hässliche Geräusche hörte. Er stieß einen Seufzer aus: Die Motorrad-Idioten! Halbwüchsige aus der Kleinstadt fanden in der schönen Jahreszeit keine bessere Beschäftigung, als mit ihren Zweirädern die Straßen zu terrorisieren und im Wald Hindernisrennen auszutragen. An dem quälenden Geknatter, dem jaulenden Motorlärm erkannte er, dass hinter dem Zaun so ein Rennen im Gang war. Obwohl der Radau nicht bis zum Schloss drang, stapfte Johann los und zog im Laufen den Gehrock wieder an.

»Halt! Hallo!«

Er winkte, rief noch einmal, aber niemand nahm Notiz von ihm. Während sie mit ihren lärmenden Maschinen kreuz und quer fuhren, lachten und schrien sie einander etwas zu.

»Hallo! Schluss damit!«

Im Näherlaufen erkannte Johann, worüber sich die Rowdies amüsierten. Sie hatten einen Hund auf den Rücksitz eines Mopeds geschnallt und ihm einen Helm aufgesetzt. Das Tier wurde bei jeder Bodenwelle durchgeschüttelt. Es krallte sich fest, so gut es konnte, und bellte in Todesangst.

»Aufhören! Sofort aufhören!« Wie ein Racheengel rannte Johann zwischen die Jugendlichen hinein und stellte sich dem Fahrer mit dem Hund in den Weg. »Bleiben Sie sofort stehen!«

Der Junge in der Lederjacke wich aus, verriss das Lenkrad, kam ins Schlingern und brachte die Maschine zum Sturz. Im selben Moment befreite sich der Hund und sprang zur Erde. Er bellte das Gefährt an, das er als seinen Feind ansah.

Johann näherte sich dem kläffenden Tier, einem struppigen Kerl mit weißem Fell, dunklen Schecken und einem mächtigen Schnauzbart. Ein Scotch Terrier vielleicht, wenngleich die Rasse schwer auszumachen war. Vorsichtig ging Johann auf ihn zu und hielt die Hand vorgestreckt, damit er daran schnuppern konnte.

»So – schau – jetzt ist es wieder gut«, rief er beruhigend und wandte sich zu den Halbstarken, die sich um die Unfallstelle versammelten. »Macht eure Motoren aus! Sofort!«

War es das Alter des Mannes, sein würdiger Gehrock, war es Johanns natürliche Autorität? Einer nach dem anderen schalteten die Jungs ihre Maschinen ab.

Es wurde still am Waldrand. In diesem Augenblick hörte auch der Hund zu bellen auf und setzte sich auf die Hinterpfoten. Alle warteten, was der alte Mann sagen würde.

»So eine Rohheit. Ihr solltet euch schämen. Habt ihr kein Herz im Leib? Wenn ihr euch selbst schon zu Tode fahrt, müsst ihr auch noch das Tier quälen? Schaut ihn an, wie erschöpft er ist.«

Der Junge mit der Lederjacke trat auf Johann zu. »Was geht Sie denn das Vieh da an?«

»Ein Vieh sind Sie«, gab Johann zurück. »Das ist ein Hund.«

»Mischen Sie sich nicht ein.« Er klopfte seine Hose ab.

»Lass doch den alten Mann«, sagte das einzige Mädchen der Gruppe. »Ist das etwa Ihr Hund? Das haben wir ja nicht wissen können.«

»Meiner?«, entgegnete Johann überrascht.

»Wir haben gedacht, der ist vom Schloss weggelaufen. Wenn das Ihr Hund ist, tut es uns leid«, setzte das Fräulein in den knöchellangen Jeans nach. »Nehmen Sie ihn nur mit.«

»Ihn mitnehmen?« Johann strich über das Revers seines Gehrocks. »Bei euch lassen werde ich ihn sicher nicht.« Er trat vor das Tier, das ihn mit schief gelegtem Kopf ansah. »Komm, wir gehen. Komm nur. Das sind ja keine Menschen.« Zum zweiten Mal streckte er ihm die Hand hin, und diesmal schnupperte der Hund daran.

»Geh nur, geh, Wutzel!«, lachte der Rädelsführer.

Johann fuhr herum. »Woher wissen Sie, dass der Hund Wutzel heißt? Gehört er etwa doch Ihnen?«

»Der heißt gar nicht so. Wir haben ihm nur aus Spaß diesen bescheuerten Namen gegeben. Haben Sie schon einen Hund gesehen, der Wutzel heißt?«

»Komm.« Johann trat den Rückweg zum Zaun an.

Der Hund folgte ihm. Erst zögernd, dann immer selbstverständlicher, fiel er in Gleichschritt mit dem alten Mann. Zusammen erreichten sie die Pforte. Zusammen betraten sie den Schlosspark.

• 3 •

En garde

Das Hotel- und das Schlosspersonal stand aufgereiht im Rittersaal und erwartete Julianes Befehle. In Khakihosen trat sie den Angestellten gegenüber.

»Was die jeweiligen Menüs anbelangt: Ich möchte von Ihnen genaue Vorschläge für alle Mahlzeiten haben, natürlich auch für die Desserts. Ich verlange nicht nur das Delikateste, es muss auch zum Geschirr passen.«

Der Küchenchef öffnete eine Mappe, doch Juliane unterbrach ihn.

»Nicht jetzt. Besprechen Sie das zunächst mit Johann.« Nervös drehte sie sich um die eigene Achse. »Wo ist er überhaupt? Er hat hier zu sein.« Sie trat zum Obergärtner. »Die Gärten: Ich habe festgestellt, dass die Rosen bereits in der Augustblüte stehen.«

»Ja, die Rosen sind aufgegangen, Frau Cehringer.«

»Ich möchte, dass sie morgen am schönsten blühen. Sie werden mich doch nicht enttäuschen.« Juliane sah Tante Leonie aus dem Verwaltungstrakt kommen. »Hast du eine Ahnung, wo Johann ist?«

»Wahrscheinlich hält der alte Herr sein Mittagsschläfchen.«

»Ich bin für deine Witze wirklich nicht aufgelegt.« Juliane deutete auf das Personal. »Mach hier bitte weiter. Die Arbeiten müssen sofort begonnen werden.«

»Und was tust du so lange?«

»Ich muss ins Sägewerk. Ich hatte gehofft, Alexandra fährt mich. Wo ist sie nur? Wieso verschwindet jeder, den ich brauche, ausgerechnet heute?« Juliane lief durch den Korridor ins Freie, eilte zu ihrem mintgrünen Borgward, griff durch das offene Fenster und drückte auf die Hupe. Als sich niemand zeigte, stieg sie ein und fuhr, eine Staubwolke hinter sich lassend, die Auffahrt hinunter.

Hinter ihrem Fenster beobachtete Alexandra den Aufbruch der Mutter. Sie wollte nicht zum Sägewerk, sie hatte etwas besseres vor. Alexandra trug ihre Trainingsmontur und nahm die Maske unter den Arm. Als der Borgward weit genug entfernt war, verließ sie das Schloss und lief zu den Stallungen. Da sie nur noch drei Pferde unterhielten, stand die frühere Reithalle leer. Alexandra hatte sie zur Trainingshalle umfunktioniert.

Mit schnellen Schritten trat sie ein. Ein Blick auf die Uhr. Er war noch nicht hier? Um keine Zeit zu verträdeln, begann sie mit Aufwärmübungen, dehnte Gelenke und Sehnen, griff zum Florett, machte Ausfälle und Paraden, kontrollierte die Stoßrichtung, übte den Rückwärtsschritt und ließ das Florett schließlich ärgerlich sinken. »Das verstehe ich nicht.«

Ein Geräusch beim Eingang, sie drehte sich um. Ein junger Mann mit dunkelbraunem Haar und trainierten Armen trat ohne Eile ein.

»Du bist zu spät«, begrüßte ihn Alexandra. »Und du bist nicht umgezogen.«

»Ich dachte, du bist heute zu beschäftigt«, antwortete er überrascht.

»Womit?«

»Wegen der Aufregung im Haus. Alle benehmen sich, als ob der Papst bei uns absteigen würde. Ich dachte, das Training fällt aus.«

Sie musterte den schlanken Kerl, der wie ein Schwarzwälder aussah und in Wirklichkeit aus der Tiefebene stammte. Bei Verona lag sein Heimatdorf. Marcello war der beste Fechter, den sie kannte, aber sonderbarerweise zeigte er keinen Ehrgeiz, bei Turnieren anzutreten. Ganz anders als sie. Alexandra hatte zwei Jugendtitel im Florett- und im Degenfechten errungen. Diesen Herbst wollte sie, endlich einundzwanzig, bei den Erwachsenenmeisterschaften in Stuttgart antreten. Ihr junger Trainer hieß Marcello, abends arbeitete er an der Hotelbar. Marcello sah aus, wie man sich einen Marcello vorstellte, und war genauso frech. Manchmal ärgerte das Alexandra, zum Beispiel jetzt.

»Sollte das Training einmal ausfallen, irgendwann, das könnte sich vielleicht ergeben, wird man dich schon unterrichten.«

Er nickte, zog die weiße gepolsterte Jacke über und nahm ein Florett aus der Wandhalterung. Beide gingen in Grundposition.

»En garde. Reculez un peu.«

Alexandra tat einen Schritt rückwärts.

»Battement tout droit.«

Ein schneller Ausfallschritt, und sie traf mit der Spitze die Mitte seiner Brust.

»Marchez. Attaquez.«

Sie lief vorwärts und stieß zu. Marcello parierte.

»Remper. Attaquez«, befahl er.

Nach zwei Rückwärtsschritten wechselte Alexandra zum Angriff.

»Das war gut, aber zu tief«, korrigierte er. »Du solltest hier treffen. Dein linker Fuß muss flacher sein. Engarde en sixt.« Es folgte eine Reihe von Befehlen hintereinander. »Attaquez partant de gauche, riposte touché à droite. Doublez.« Alexandra verpatzte und wiederholte die Figur. »Doublez. – Gut. Tripler. – Viel zu langsam. Gleich noch einmal.«

Nach einer Stunde voller Schrittkombinationen, Varianten verschiedener Attacken und einer Exkursion über den Scheinangriff, bei dem man eine bestimmte Stelle attackierte, eine andere jedoch zu treffen beabsichtigte, als Alexandra schon heimlich nach der Uhr schielte, sagte Marcello: »Wie wäre es mit einem Kampfgang?«

»Und was war das bis jetzt?«, fragte sie keuchend, während sein Atem vollkommen ruhig ging.

»Die Vorbereitung, damit du mir nicht so schnell unterliegst.«

»Spar dir deine Sprüche.« Ihr alexandrinischer Zorn stieg in ihr hoch, für den sie im Schloss berüchtigt war. »En garde.«

Er schlug ihr kampfbereites Florett zur Seite. »Selbstverständlich mit Maske.«

Beide stülpten die grauschwarzen Lederungetüme über, durch deren Drahtgitter das Gesichtsfeld gerastert wurde.

»Auf fünf Treffer?«, bot Marcello an.

»Auf zehn.« Sie gingen in Stellung. Unwillkürlich warf Alexandra einen Blick zum Fenster, wo sie aus dem Augenwinkel eine Bewegung ausgemacht hatte. War das Johann da draußen? Aber er war nicht allein. Wenn sie sich durch die eingeschränkte Sicht nicht täuschte, hatte er – nein, unmöglich, er hatte einen kleinen Hund dabei. Alexandra ließ das Florett sinken.

»Bist du so weit?«, fragte Marcello.

Dieser Hund, den Johann nie zuvor gesehen hatte, lief neben ihm her, als würde die beiden eine unverbrüchliche Freundschaft verbinden. Wurde Johann langsamer, setzte auch der Hund die Pfoten in längeren Abständen. Blieb der Alte stehen, schaute das Tier zu ihm auf. Vorhin auf dem Rückweg, als das Schloss schon zwischen den Bäumen zu sehen gewesen war, hatte Johann sich auf einen bemoosten Felsen gesetzt.

»Wir können dort nicht hin«, sagte er.

Als wollte der Hund die Sache in Ruhe besprechen, berührte er sein Knie mit der Schnauze.

»Bist du hungrig?«, fragte Johann. »Ich würde dir gern etwas geben, aber wir dürfen nicht ins Schloss.« Er kraulte den Hund zwischen den Ohren. »Dort ist nämlich Juliane, die hat Angst vor so etwas Entzückendem wie dir. Das ist schwer zu verstehen, denn schließlich sind wir auf dem Land, wo Hunde hingehören. Aber Frau Cehringer ist als Kind einmal gebissen worden. Seitdem will sie mit deinesgleichen nichts zu tun haben.«

Der Hund sah ihn an, als verstehe er jedes Wort.

Lächelnd streichelte ihn Johann. »Heißt du wirklich Wutzel?« Der Kleine hob den Kopf. »Wer würde einen Hund schon Wutzel nennen?«

Das Tier bellte.

»Ach, dir gefällt der Name?« Johann fasste seine beiden Ohren. »Dann wollen wir es dabei belassen.

Du bist ab jetzt Wutzel. Und du hast Hunger.« Johann richtete sich auf. »Ich selbst habe Hunger, einen Bärenhunger sogar.« Sehnsüchtig blickte er zum Schloss. »Heute gibt es Burgunderbraten. Aber wir können nicht hinein, zumindest nicht zusammen. – Was hältst du davon, wenn wir zum *Bergfrieden* gehen?«

Der Kleine legte den Kopf schief.

»Zugegeben, die Küche lässt zu wünschen übrig, aber die Maultaschen kann man essen.« Mit neuem Schwung stand er auf. »Und du kriegst einen Knochen. Komm.« Johann wechselte die Richtung und nahm den Abstieg quer durch den Wald. Wutzel blieb an seiner Seite.

Die Wirtschaft befand sich in einer Senke. So war das im Schwarzwald: Schloss Sonnbach lag an keinem Bach, sondern auf der Höhe, das Wirtshaus Bergfrieden duckte sich ins Tal.

Der alte Wirt war gestorben, sein Sohn Toni führte das Haus weiter. Da er keine Frau fand, musste er selbst kochen. Schwarzwaldtouristen verirrten sich kaum hierher, und wer einmal bei Toni gegessen hatte, versuchte es selten ein zweites Mal. Als der hungrige Johann mit dem hungrigen Wutzel eintrat, saß Toni in seiner Ecke und schlief.

»Schau dir das an«, flüsterte Johann. »Ich möchte in der Nacht so gut schlafen können wie Toni am Tag.« Er nahm Platz. Wutzel legte sich unter den Tisch.

»Wirtschaft«, rief Johann.

Toni öffnete die Augen und starrte ihn an wie ein Gespenst. »Oh, Herr Kober«, sagte er. »Einen angenehmen Tag wünsche ich.«

»Ihnen auch.«

Toni in die Augen zu schauen war nicht einfach. Der arme Kerl schielte, dass es eine Art hatte. Man wusste nie, mit welchem Auge er einen gerade ansah.

»Was gibt es heute?«, fragte Johann.

»Worauf haben Sie Appetit?«

»Warum fragen Sie das? Sie haben ja doch nur ein Gericht auf der Speisekarte.«

»Heute zum Beispiel hätte ich einen wunderbaren Rostbraten mit Pfifferlingen.«

»Gibt es die schon?«

»Rostbraten?«

»Pfifferlinge.«

»Einen ganzen Korb habe ich auf der Waldlichtung gesammelt.«

Bei Pilzgerichten war Johann vorsichtig. »Haben Sie eine Suppe?«

»Ich hätte eine schwäbische Flädlesuppe und eine badische Flädlesuppe.«

»Wo ist der Unterschied?«

»Es gibt keinen. Nur bei der einen Suppe streue ich Petersilie dazu.«

»Dann bringen Sie mir …« Johann überlegte. »Ist der Rostbraten frisch?«

»Ganz frisch.« Toni zückte Block und Bleistift.

»Bringen Sie mir den, aber ohne Pfifferlinge. Und einen Salat, einen gemischten, ohne Bohnen.«

»Keine Bohnen, gemischt, Rostbraten.« Toni kritzelte auf den Block, als könne er sich die Bestellung seines einzigen Gastes nicht merken.

»Moment.« Johann klopfte an den Oberschenkel. Der Hund kam unter dem Tisch hervor. »Für ihn bringen Sie einen Knochen.«

Toni stutzte. »Ist das Ihrer, Herr Kober?«

»Nein. Wir essen nur heute zusammen. Also bringen Sie Wutzel einen großen Knochen.«

»Das ist aber kein schöner Name für einen Hund.«

»Wie würden Sie ihn denn nennen – Toni?«

»Warum nicht? Dann hätten der Hund und ich am gleichen Tag Namenstag.« Toni verschwand in der Küche und kam mit einem Rinderknochen wieder.

»Da ist ja nichts dran, kein Fleisch, kein Mark.« Johann hielt den Knochen vor sein Auge. »Das ist ein Fernrohr, kein Knochen.«

»Das Mark habe ich für die Suppe gebraucht, Herr Kober.«

»Also bringen Sie uns eine schöne Bratwurst.«

»Kein Rostbraten?«

»Die Bratwurst ist für ihn.«

Toni verschwand wieder in der Küche. Johann lehnte sich zurück und starrte aus dem Fenster.

»Was mache ich nur? Die Mittagszeit ist vorüber.

Ich muss ins Schloss und darf dich nicht mitnehmen. Vielleicht könntest du bei Toni bleiben.« Ein Blick zur Küchentür, wo zwei leere Fressnäpfe standen. »Aber der Toni hat Katzen. Nein, der nimmt dich bestimmt nicht.« Er kraulte Wutzel. »Was soll ich nur machen?«

• 4 •

Dämmerung

Nachts herrschten im Schwarzwald die Insekten. Nachts war der Sommer geheimnisvoller als tagsüber, weil der Wind wehte, weil das Gras duftete, weil die Tiere bis dicht ans Haus kamen. Die Fenster standen offen, die Fliegengitter bewährten sich gegen die sirrende, zirpende, summende Welt da draußen.

Juliane und Tante Leonie standen über die Wirtschaftsbücher gebeugt. Alexandra war im Bademantel. Sie wartete auf den Moment, bis die Mutter ihre Sorgen abgeladen haben würde, danach durfte sie gehen. In Alexandras Erinnerung hatte man auf Schloss Sonnbach stets mit Schwierigkeiten zu kämpfen gehabt. Erst der Tod des Vaters, dann der Katastrophensommer mit den Erdrutschen, die Schädlingsplage, der Verfall des Holzpreises, schließlich die Herkuklesaufgabe, ein altes Schloss in ein Hotel zu umzuwandeln.

Alexandra kannte ihre Mutter: Juliane brauchte das, nach einem langen Tag ihre Probleme zu besprechen. Wie man einen schmutzigen Mantel ablegte, so glitten die Sorgen schließlich von ihr ab. Danach ging sie ins Restaurant und plauderte mit den Gästen. Juliane verpasste nie die Spätnachrichten, legte in ihrem Zimmer noch eine Patience und ging mit der Zuversicht zu Bett, dass sich morgen schon irgendwie alles lösen würde.

Alexandra hatte nicht vor, heute früh schlafen zu gehen, sie freute sich auf ihre Verabredung. Es lag ein gewisser Prickel darin, nachts noch in die Stadt zu fahren. Der Ort an der Schweizer Grenze war bestenfalls ein Städtchen, weder schön noch gemütlich, aber er besaß immerhin ein Kino mit zwei Sälen. Alexandras Verabredung hatte den Vorschlag gemacht, sich *Es geschah am hellichten Tag* anzusehen. Sie würde ihm das ausreden, weil sie Heinz Rühmann nicht mochte. Alexandra wollte lieber *Vertigo* sehen, den neuen Hitchcockfilm, über den alle sprachen.

Geduldig hörte sie ihrer Mutter zu, die die Zahlen, von denen bedauerlich viele rot waren, mit Leonie durchsprach. Zugleich lauschte Alexandra auf die Grillen, die auf der Bergwiese ein Konzert gaben, und das Käuzchen im Baum. Manchmal schallte ein Fiepen durch die Luft, wenn der Uhu oder eine Katze eine Feldmaus erwischten. Sie konnte das Rascheln der alten Blätter im Wind von jenem Rascheln unterscheiden, das der Igel machte, wenn er rund um das Haus Insekten aufspürte.

Plötzlich hob Juliane den Kopf. »Was riecht denn hier so komisch?«

Leonie und Alexandra schnupperten, ohne Ergebnis.

»Aber ich rieche das doch«, beharrte die Mutter.

»Brennt es irgendwo?«, fragte Tante Leonie.

»Ich habe dieses Kribbeln in der Nase.« Juliane musterte beide. »Spürt ihr das nicht, dieses Kribbeln?«

»Es kribbelt in deinem Kopf«, entgegnete die Tante. »Du bist müde. Lass uns einen Brombeerlikör trinken. Das Presshaus hat heute frischen geliefert.«

»Ich hätte schwören können …« Juliane sah zu, wie Leonie die Flasche mit dem schweren dunklen Getränk öffnete und ihnen drei Gläschen einschenkte.

Alexandra hatte eine bestimmte Ahnung, was gerade an der feinen Nase ihrer Mutter vorbeigeweht war, sie verband es mit einer Erinnerung von heute Nachmittag. »Für mich nicht«, sagte sie. »Der ist mir zu süß.«

»Dann trinke ich ihn.« Leonie stieß mit Juliane an. »Auf gute Geschäfte!«

»Auf eine glückliche Entwicklung mit Bernhard Ginneck«, toastete Juliane.

»Auf morgen.« Alexandra öffnete die versteckte Tür hinter Leonies Schreibtisch.

»Willst du etwa im Bademantel durch das Hotel marschieren?«, rief die Mutter.

»Ich nehme die Abkürzung. Keiner sieht mich.«

Draußen musste sie ein kurzes Stück über den Innenhof laufen und zweigte schließlich in die Küche ab. »Hallo, Eddie, hallo Mariechen, hallo Gusti«, rief sie der weiß gekleideten Truppe zu, die mit den Essensportionen beschäftigt war. Neben der Vorratskammer prallte sie auf Rudolf, den Lehrling. »Hallo, Rudi.« Sie bemerkte den Blick des Pubertierenden auf ihre nackten Beine, grinste und erreichte die Personaltreppe, dann klopfte sie an Johanns Tür. Sie wollte sich vergewissern, ob sie mit ihrem Verdacht richtig lag.

»Moment!«, kam es von drinnen. »Wer ist da?«

»Xandi«, antwortete sie. »Mach auf.«

»Fräulen Xandi? – Ich bin gerade … Ich muss mich erst …«

Sie hörte rasche Bewegungen, ein geflüstertes Wort.

»Gleich bin ich …!«, rief er.

Sie klopfte zum zweiten Mal. »Komm schon, Johann.«

Das Herumdrehen des Schlüssels. »Einen Moment. Ich bin nämlich fast ganz ausgezogen gewesen.« Er öffnete und stand picobello im Gehrock vor ihr.

»Ganz ausgezogen? Du musst wohl zaubern können.« Sie sah sich in dem akkurat aufgeräumten Zimmer um, konnte aber nichts Ungewöhnliches entdecken.

»Sie sind schon im Nachtgewand?«, kommentierte er ihren Aufzug. »Es ist noch nicht einmal dunkel.«

»Ich war im See schwimmen, herrlich.«

»Bei der Temperatur?« Sonderbarerweise blieb er an der Tür stehen.

»Zwölf Grad, wärmer wird der Weiher auch im Juli nicht.«

»Was kann ich für Sie tun, Fräulein Alexandra?«

»Jaaa – was kannst du für mich tun?« Sie schlängelte sich an ihm vorbei und betrat das Zimmer. »Wolltest du schon zu Bett gehen?«

»Nein, ich möchte später … sogar noch einen Spaziergang machen.« Auf ihren fragenden Ausdruck setzte er hinzu: »Weil der Abend so schön ist.«

»Sonst sagst du immer, abends tun dir die Füße weh. Du willst nur noch aus den Schuhen heraus.«

»Meine Füße sind zusammengenommen über hundertfünfzig Jahre alt.« Er lachte, fühlte sich durch ihren Besuch aber sichtlich gestört.

»Johann, das wollte ich dich immer schon fragen: Was hältst du von Tieren?«

»Von Türen?«

»Von Tieren, im Haus, meine ich.« Ihr entging nicht, dass er eine Spur blasser wurde.

»Glauben Sie, dass wir Schädlinge haben oder Ratten? Da müsste ich den Kammerjäger …«

Im selben Augenblick bemerkte Alexandra eine Bewegung am Fenster. »Nein, Johann, ich meine –« Sie zog den Vorhang beiseite und entdeckte einen entzückenden kleinen Hund, der dahintersaß. »Den da meine ich.«

»Ach Gott.« Der alte Mann verfiel sichtlich und musste sich setzen. »Ich wusste, es war ein Fehler, ihn bei Tageslicht hereinzuschleusen. Sie haben mich also …?«

»Ich habe dich gesehen.«

»Was hätte ich denn machen sollen? Ich musste nach Mittag zum Dienst zurück. Draußen herumlaufen lassen konnte ich ihn natürlich nicht, weil er mir ständig nachrennt, der Wutzel.«

»Wutzel?« Sie lachte.

»Ich weiß, jeder findet den Namen scheußlich für einen Hund, aber …«

»Nein! Der passt wunderbar, er sieht genau aus wie ein Wutzel.« Sie ging auf die Knie und kraulte den Hund, der zutraulich auf sie zusprang.

»Es ist eine Katastrophe«, seufzte er. »Wenn Ihre Mutter ihn entdeckt – kein Mensch weiß, was sie dann macht.«

»Hast du den Hund schon länger?«

»Zugelaufen ist er mir, und zwar erst heute. Das stimmt nicht ganz, ich habe ihn gewissermaßen gerettet, vor der Rowdybande, die sich hinter dem Schloss herumtreibt.«

»Aber dann dürfte den Hund ja irgendjemand vermissen. Vielleicht grämt sich seine Besitzerin, weil er nicht nach Hause gekommen ist.«

»Das habe ich mir auch schon überlegt. Allerdings –« Er zeigte auf Wutzel. »Sehen Sie, er hatte keine Hundemarke und kein Halsband. Vielleicht hat ihn jemand ausgesetzt, der ihn nicht mehr haben will.«

»Was soll denn jetzt werden mit euch zwei?« Alexandra kam hoch.

Sobald das Fräulein stand, konnte Johann nicht sitzen bleiben. »Ich weiß es nicht. Zunächst wollte ich abwarten, bis es dunkel ist. Weil vorher kann er ja nicht hinaus, um sein Geschäft zu machen. Ich habe ihm gesagt, wenn es so weit ist, darf er sich die schönste Silbertanne aussuchen oder auch eine Lärche, wenn er mag.«

Alexandra steckte die Hände in die Bademanteltaschen. »Ein Dauerzustand ist das nicht. Meine Mutter ist zur Zeit schon nervös genug.«

»Wegen Herrn Ginneck, ich weiß. Er kommt heute Nacht schon an. Ich habe gar nicht die Zeit, mich um Wutzel zu kümmern. Und ihn ständig im Zimmer zu lassen ist Tierquälerei.«

Sie schaute aus dem Fenster. »Von draußen kann ihn hier niemand sehen. Diese Nacht seid ihr also sicher.« Entschlossen trat sie vor Johann. »Ich treffe gleich noch jemanden, der am Rhein wohnt. Ich frage ihn, wenn du willst, vielleicht freut er sich über einen Hund.«

Johann war von der Aussicht, Wutzel gleich wieder wegzugeben, nicht begeistert. »Fragen könnten Sie ja immerhin.«

»Stimmt deine Uhr?« Sie zeigte auf Johanns Wecker neben dem Bett.

»Auf die Minute.«

»Himmel, ich muss mich anziehen.« Sie huschte zur Tür. »Wenn du mit Wutzel rausgehst, sei vorsichtig. Meine Mutter wittert schon etwas.«

»Sie *wittert*?«

»Ihre Hundeallergie hat angeschlagen. Es kitzelt sie in der Nase.«

Kaum war Alexandra draußen, ließ sich Johann auf sein Bett sinken. Wutzel kam dazu und sprang ebenfalls hoch.

»Moment, das geht aber nicht.« Johann streichelte ihn. »Glaub nur nicht, dass du im Bett schlafen wirst. Das lassen wir erst gar nicht einreißen.«

Wutzel streckte sich lang auf der weichen Bettdecke aus.

• 5 •

Zweimal Liebe

Otto Türkheim argumentierte, dass Friedrich Dürrenmatt immerhin das Drehbuch für den Rühmannfilm geschrieben hätte. Alexandra dagegen wollte sich gruseln und rätseln, sie wollte die schöne Kim Novak sehen, wie sie James Stewart in *Vertigo* an der Nase herumführt und ihr doppeltes Spiel mit dem Leben bezahlen muss. Gegen Hitchcock kam Dürrenmatt nicht an.

Während der Vorstellung bot Türkheim Alexandra von seinen sauren Drops an. Danach schlenderten sie Richtung Parkplatz, wo beide Autos standen.

»Glaubst du, dass man so verzweifelt lieben kann wie das Paar in *Vertigo*?«, fragte Alexandra nach einer Weile. »James Stewart hat Kim Novak durch diese verrückte Liebe zerstört.«

»Hitchcock hat das ziemlich glaubhaft gemacht«, antwortete Türkheim.

»Ja, aber es ist doch nur Kintopp. Glaubst du, im

richtigen Leben kann es so eine Liebe geben, Otto?« Sie sah ihn von der Seite an.

Otto Türkheim war ein gut aussehender Mann, daran änderte auch sein hohes Alter von Ende vierzig nichts. Er trug einen Sommeranzug und einen Hut. Die Narbe am Kinn hatte er sich im Krieg geholt, den er mit Anfang zwanzig in voller Länge hatte durchleben müssen. Nach 1945 hatte er sein Jurastudium abgeschlossen und leitete inzwischen die größte Anwaltskanzlei der Region.

»Die Liebe?«, erwiderte er. »Da schneidest du aber ein Thema an, dass wir bis zum Parkplatz nicht ausreichend besprechen können.«

»Warum gehen wir nicht noch etwas trinken?«, fragte sie, da er nicht auf die Idee kam.

»Ich muss morgen früh aufstehen. Ein andermal, Xandi.«

»Also was ist nun mit der Liebe?« Sie hakte ihn unter. »Das will ich jetzt hören.«

»Ich habe in der Liebe eine Theorie, die dir nicht besonders gefallen dürfte.«

Keck schmiegte sie sich an ihn. »Erhelle mich, o weiser Mann.«

»Es gibt meiner Ansicht nach nur zwei Möglichkeiten, die Liebe zu erleben. Damit meine ich nicht Mutterliebe oder Heimatliebe, ich meine …«

»Ich weiß, was du meinst.« Sie drückte seinen Arm.

»Die eine Möglichkeit ist der gleichmäßige Fluss.

Wenn diese Art Liebe die richtige für dich sein sollte, findest du irgendwann die eine oder den einen, mit dem das Zusammensein die perfekte Lebensform darstellt. Du entscheidest dich frohen Herzens dafür und steigst in diesen Fluss, der dich durchs Leben trägt. Der Nachteil liegt darin, dass wie bei einem Fluss auch in der Liebe nichts so bleibt, wie es zu Anfang ist. Irgendwann fragst du dich: Ist das noch Liebe oder nur Gewohnheit?«

Neugierig sah Alexandra ihn an. So hatte Otto noch nie zu ihr gesprochen. Meistens bewegte sich ihre Unterhaltung auf dem Niveau freundschaftlicher Sticheleien. Sie erzählte ihm, was im Schloss passierte, und da aus seiner Anwaltskanzlei keine Sensationen zu berichten waren, plauderte er über Reisen, Bücher und Theateraufführungen.

»Und die zweite Möglichkeit?« Alexandra zwang ihn, schneller zu gehen, da ihr nach dem langen Sitzen kühl war.

»Das andere ist die anstrengende Liebe, die Liebe in Wellen. Manchmal sind es hohe Wellen, regelrechte Brecher, die über uns zusammenschlagen. Es ist die unvorhersehbare, verunsichernde, die verrückt machende Liebe. Sie kann mit einem einzigen Partner, einer Partnerin passieren oder mit mehreren nacheinander, manchmal sogar gleichzeitig.«

»Otto –«, rief sie scherzhaft vorwurfsvoll. »Willst du mir erzählen, dass du ein Schürzenjäger bist?«

»Da ich mit einer Einundzwanzigjährigen in einer lauen Sommernacht spazieren gehe, die sich ungeniert bei mir unterhakt, könnte man vielleicht auf diese Idee kommen.«

»Bist du einer?«, fragte sie und nahm an, er würde sie jetzt gleich küssen. Sie hatte schon im Kino damit gerechnet, aber außer dem Austausch saurer Bonbons war nichts passiert.

Ohne den Versuch einer Annäherung ging Otto weiter. »Ich freue mich über unsere Freundschaft, Xandi, und möchte sie durch Spielereien nicht aufs Spiel setzen.«

»Was denn für *Spielerien*?«, fragte sie übermütig.

»Lass es gut sein.« Er löste sich von ihr. »Ich meine, was ich sage.«

»Dann erzähl mir wenigstens von der *anstrengenden Liebe.*«

»Sie besteht aus Leidenschaft und Verletzung, totaler Vereinigung und Einsamkeit. Manchmal erscheint diese Liebe ausweglos, manchmal ist sie der einzige Weg, wie man leben kann.«

Fasziniert sah sie ihn an. »Und das hast du erlebt – Leidenschaft und Eifersucht und all das?«

»Ich wäre lieber in den ruhigen Fluss gestiegen«, erwiderte er lächelnd. »Aber es kam anders. Ich habe jemanden kennengelernt. Eine wunderbare Frau.«

»Wirklich?«

»Eine Frau, die mich auch geliebt hat. Für kurze Zeit sind wir ein Paar gewesen. Die Erinnerung an unsere erste Zeit, als wir zusammen Reisen unternommen haben, das ist für mich der Inbegriff von Leidenschaft und Liebe.«

»Und warum ist daraus nicht der ruhige Fluss geworden?«

»Wie das eben manchmal so ist: Sie hat einen anderen geheiratet.«

»Wie ist die *wellenumtoste* Liebe denn zu Ende gegangen, Otto?«

Türkheim blieb stehen. »Was mich betrifft, ist sie nicht zu Ende.«

»Du meinst, ihr seid immer noch ...?«

»Wir sind gar nichts mehr. Leider.«

»Lebt diese Frau in der Nähe?«

Er machte ein paar schelle Schritte. »Ich habe dir schon mehr erzählt, als ich wollte.«

Sie holte ihn ein. »Willst du mich deshalb nicht küssen, weil du die andere immer noch liebst?«, fragte sie rundheraus.

Er nahm beide Hände Alexandras. »Würde es dich kränken, wenn ich sage: Du bist ihr ziemlich ähnlich? Ich würde dich von Herzen gern küssen, Xandi, aber es wäre unvernünftig. Und in meinem Alter hört man besser auf seine Vernunft.« Er zeigte zum erleuchteten Parkplatz. »Da sind wir schon.«

Bevor sie die Autos erreichten, sagte Türkheim:

»Wir haben die ganze Zeit nur von mir gesprochen. Was gibt es denn in deinem einundzwanzigjährigen Leben für Sensationen?«

»Pff – « Sie verdrehte die Augen. »In Sonnbach ist alles beim Alten.«

»Ach, komm! Was du mir vor dem Kino erzählt hast: der reiche Verehrer aus Frankfurt, dein frecher Fechtlehrer und dein alter Freund Johann, der eine neue Liebe gefunden hat – da sehe ich bald einige Sensationen über dich hereinbrechen. Und ich will dir gerne beistehen, wenn es so weit ist.«

»Würdest du das, Otto?«, entgegnete sie überrascht. »Ich habe sonst nämlich keinen, mit dem ich über solche Dinge reden kann. Nur meine Mutter, aber die denkt im Moment ständig daran, wie sie Sonnbach von unseren Schulden befreien kann. Ich glaube, Mama würde mich sofort an den Meistbietenden verkuppeln, wenn sie damit ihr geliebtes Schloss retten könnte.«

»So solltest du nicht über Juliane sprechen.«

»Juliane? – Du kennst sie also?«

»Der Südschwarzwald ist eine kleine Welt. Natürlich kenne ich die Herrin von Schloss Sonnbach.«

Während er seinen Wagen aufsperrte, fragte sie: »Könntest du nicht ein paar Tage bei uns wohnen, Otto?«

»Auf dem Schloss?« Er stieg ein. Die Ledersitze knautschten.

»Ich fände es wunderbar, wenn du in der Nähe wärst. Nur für kurze Zeit, bis Bernhard Ginneck wieder abgereist ist.«

»Heute ist Donnerstag.« Er steckte den Startschlüssel an. »Wenn ich meinen Terminkalender freiräume, könnte ich übers Wochenende zu euch kommen.«

»Das wäre großartig, Otto!« Sie beugte sich in den Benz und küsste Türkheim auf den Mund. »So. Jetzt habe ich meinen Kuss doch noch bekommen. Ich reserviere dir das schönste Zimmer. Die Turmsuite unterm Dach. Sie hat eine Besonderheit: Über den Außenbalkon kann ich aus meinem Zimmer direkt in deines schleichen.«

»Du sollst aber nicht in mein Zimmer schleichen«, entgegnete er lächelnd.

»Nur zum Plaudern. Zum Beratschlagen und Pläneschmieden.«

Sanft drängte er sie aus dem Wagen und schloss die Tür. »Ich fahre jetzt nach Hause. Und das solltest du auch tun.«

»Ich spreche gleich morgen früh mit Tante Leonie. Die macht bei uns die Zimmereinteilung.«

Türkheim winkte ihr durch das Fenster zu und fuhr davon. In Gedanken sah ihm Alexandra eine Weile nach. – Der ruhige Fluss – die anstrengende Liebe?

»Auf jeden Fall die anstrengende Liebe«, beschloss

sie. »Etwas anderes kommt für mich nicht infrage.« Alexandra ließ den Motor aufheulen und flitzte in die Nacht.

Die Ankunft

• 6 •

Kaiser Rudolf

Auf Johanns Anweisung hin hielt der Pferdewagen östlich der *Kaiser-Rudolf-Weide.* Es war die größte in einer Linie verlaufende Wiese der Gegend, auf der es weder Aufwerfungen noch Felsen gab. Die *Kaiser-Rudolf-Weide* war bei den Sportfliegern des Südschwarzwaldes beliebt.

»Was machen wir, wenn er drüben auf der Westseite herunterkommt?«, gab der Kutscher zu bedenken.

»Da müsste er ja über die ganze Wiese zu Fuß gehen.«

»Aber wenn er sich im Gelände nicht auskennt …«

»Herr Ginneck war bereits vor drei Jahren hier.« Johann fand es unerhört, dass man ihn um drei Uhr morgens aus dem Bett jagte. Abends war zwar ein Telegramm Ginnecks gekommen, in dem es ausdrücklich hieß: *Kein Empfang erforderlich*, aber Frau Cehringer musste es ja besser wissen: »Eine simple Pferdekutsche ist kein Empfang«, hatte sie bestimmt.

»Johann, Sie fahren mit dem Einspänner hin. Heißen Sie Bernhard Ginneck willkommen.« Johanns Einspruch hatte nicht nur der eigenen Bequemlichkeit gegolten, er dachte dabei vor allem an Wutzel. Mitnehmen konnte er den Hund nicht. Doch wie sollte er ihm klarmachen, dass Johann bei Nacht und Nebel aufstehen und ihn in der ungewohnten Umgebung einsperren musste?

Frierend auf dem Pferdewagen sitzend, den Blick nach oben gerichtet, ob Lichter auftauchten oder ein Motorbrummen zu hören war, erinnerte sich Johann an das Gerangel, das Wutzel beim Zubettgehen aufgeführt hatte.

Zur Schlafenszeit streifte Johann allnächtlich das Nachthemd über. Wie ein in die Jahre gekommener Engel sah er darin aus. Der neuen amerikanischen Mode, sogenannte Pyjamas zu tragen, konnte er nichts abgewinnen. Johann zeigte dem Hund das Plätzchen, wo er schlafen konnte. Dazu breitete er eine Pferdecke auf den Boden. »Leg dich, na komm, leg dich hin. Auf die Decke, komm, sei gescheit, leg dich. Na? Alle Hunde schlafen auf so einer Decke. Leg dich schön hin.«

Wutzel saß mit schief gelegtem Kopf da, hörte sich alles in Ruhe an und sprang schließlich auf das Bett.

»Hallo – nein, das geht nicht. Das geht nicht, mein Lieber.« Johann hob den Hund wieder herunter und platzierte ihn auf der vorgesehenen Decke. »Hier schläfst du und sonst nirgends.«

Er schüttete ein wenig Wasser in die Waschschüssel, putzte sich die Zähne und gurgelte. Er schlüpfte aus den Hausschuhen, legte sich ins Bett, wünschte Wutzel eine gute Nacht und drehte sich zur Seite. Als hätte der Hund den Moment nur abgewartet, sprang er am Fußende hoch.

Johann hob den Kopf. »Nein, das geht nicht, das habe ich dir schon gesagt«, rief er streng. »Geh runter! Wutzel, hast du gehört? Du sollst runtergehen.«

Der Hund drehte sich einmal um die eigene Achse, bis er die beste Position gefunden hatte, und legte sich hin.

Johann seufzte tief. »Na, dann bleib eben. Aber nur heute, ausnahmsweise. Du darfst nicht glauben, dass wir das einführen.« Er wollte die Decke hochziehen, doch der Hund war erstaunlich schwer. »Jetzt zieht der mir auch noch das Oberbett weg«, knurrte Johann, kontrollierte den Wecker und löschte das Licht. »Gute Nacht, Wutzel.«

Um drei Uhr schrillte das Ungetüm. Johann schreckte hoch, Wutzel dagegen ließ sich nicht stören. Der alte Mann stand ächzend auf, eine Katzenwäsche folgte, mit fahrigen Bewegungen zog er sich an. Um diese Stunde, fand er, war man eben noch kein ganzer Mensch.

Schließlich erwachte auch Wutzel und sprang vom

Bett. Beim Kämmen sah Johann ihn im Spiegelbild an. »Jetzt müssen wir beide klug und vernünftig sein, wenn wir keinen Skandal hervorrufen wollen.«

Er öffnete den Kleiderschrank. »Schau, Wutzel, ich meine: Schnuppere mal, was ich hier Feines habe. Eine Schinkenwurst. Die habe ich für dich in der Küche abgestaubt.« Er bückte sich. »Ja, mein Lieber, es ist von Vorteil, wenn man den Hauptschlüssel für jeden Raum des Schlosses hat.«

Johann schnitt große Stücke von der Wurst ab. »Ich bin in die Vorratskammer geschlichen, konnte mich aber nicht gleich zwischen Schinken oder Wurst entscheiden. Wurst ist besser, habe ich gedacht, weil sie nicht so stark gesalzen ist. Auf dem Rückweg ist mir Gusti begegnet, unsere Küchenhilfe. Ich musste diese Riesenwurst unter meiner Jacke verstecken. Alles für dich.«

Wutzel saß hechelnd da. Der wunderbare Geruch stieg ihm in die Nase, er konnte es kaum erwarten, sein Frühstück zu bekommen. Johann tat die Wurst in eine Blechschüssel, in der sonst Saucen angerührt wurden.

»Ich nehme dir jetzt ein Versprechen ab«, sagte er, bevor er den Napf zu Boden stellte. »Kein Bellen, kein Kratzen an der Tür, überhaupt keinen Mucks, solange ich fort bin. Sonst sind wir verloren.«

Aufgerichtet vor Johann sitzend, gab Wutzel zu erkennen, dass er zu allem bereit sei, wenn er nur endlich die Wurst kriegen würde. Johann beobachtete staunend, wie der Hund die Schüssel in wenigen Sekunden leer fraß. »Du hast einen ordentlichen Appetit, das muss ich dir lassen. Du wirst mich teuer zu stehen kommen.«

Er band Wutzel eine Vorhangschnur um, die vor langem gerissen war, und ließ ihn ein paar Minuten auf die Grünfläche neben den Stallungen. Als der Morgen dämmerte, gingen sie wieder hinein. Eine Umarmung für Wutzel, danach schloss Johann die Tür bangen Herzens ab.

Er traf den Kutscher auf dem Hof, er war gerade dabei, das Pferd anzuspannen. Missmutig stieg Johann hinten auf und legte eine Decke über seine Knie. Der Kutscher schnalzte mit den Zügeln, der Wallach nahmen den Weg hinaus zur *Kaiser-Rudolf-Weide*.

Mit dieser Weide hatte es eine besondere Bewandtnis. Die Schwarzwaldtouristen ließen sich davon inspirieren, dass die Wiese nach einem Kaiser benannt worden war, und besuchten den unspektakulären Ort gern. Sie schlugen in ihren Reiseführern nach, welcher Kaiser wohl damit gemeint sei. Da sie keine Eintragung fanden, schlossen sie, es müsse sich um Rudolf, den Habsburgerkaiser, handeln. Die Überzeugung setzte sich bei den Schwarzwaldreisenden durch, bis auch die Einheimischen die Erklärung vom Habsburger Rudolf übernahmen. Die

Wahrheit war weit prosaischer. Ein früherer Besitzer des Grundstücks hatte Rudolf Kaiser geheißen. Da die Schwarzwälder ihren Namen gern verkehrt herum angaben, wurde das Grundstück *Kaiser-Rudolf-Weide* genannt.

••••

Der Kutscher rüttelte Johann an der Schulter. »Da ist er.«

Johann machte einen hektischen Atemzug, schlug die Augen auf und wischte sich über den Mund. »Da ist er. Wirklich.« Gemeinsam schauten sie nach oben, wo ein winziger Punkt größer und größer, das Brummen immer deutlicher wurde.

»Er kommt doch da drüben runter«, raunte der Kutscher.

»Du wirst sehen, er dreht noch gegen Osten.«

Unbeirrt steuerte der Flieger auf den westlichen Rand der Weide zu und setzte zur Landung an.

»Himmel Herrgott«, knurrte Johann. »Jetzt landet er auf der falschen Seite.«

»Was mache ich also?«, fragte der Kutscher, die Zügel in der Hand.

»Fahr schon!«, rief Johann.

»Quer über die Wiese?«

»Natürlich. Wenn wir außen herumfahren, sitzt er längst beim Frühstück, bevor wir bei ihm ankommen.« So ein Ärger, dachte Johann, alles nur wegen eines einzigen Gastes.

Als wären Ross und Kutscher einem Westernfilm entsprungen, holperten, sausten, ja sprangen sie über die *Kaiser-Rudolf-Weide.* Johann schrie, der Kutscher möge ihn nicht umbringen, und klammerte sich fest, wo er konnte. Dem Wallach gefiel das ungewohnte Querfeldein, er trabte, was das Zeug hielt. Als sie auf der anderen Seite ankamen, war die Sportmaschine schon gelandet.

Aus dem Flugzeug kletterte ein vermummter junger Mann. Er trug eine Kappe aus Leder, Fliegerbrille, Schal, eine Lederjacke und Stiefel. »Ich hatte telegrafiert: kein Empfang«, sagte Bernhard Ginneck zur Begrüßung.

»Ein Pferdewagen ist kein Empfang für Sie«, zitierte Johann Frau Cehringer. »Wie wären Sie denn sonst zum Schloss gekommen?«

»Johann, Sie sind das?«, lachte Ginneck. »Hat man Sie um diese unchristliche Stunde aus dem Bett gejagt? Ich wollte mit dem Fahrrad nach Sonnbach fahren«, beantwortete er die Frage. »Ich habe alles dabei.«

»Ein Fahrrad, dadrin?«

»Ich zeige es Ihnen.«

Während Ginneck zum Flugzeug zurücklief, gab Johann dem Kutscher einen Wink. »Hilf dem Herrn mit dem Gepäck.«

Er faltete die Decke zusammen und machte den Platz in der Kutsche für Bernhard Ginneck bereit. Nur schnell wieder nach Hause, dachte er, bevor das Schloss erwachte und jemand Wutzel entdecken konnte.

• 7 •

Hasen-Hüpfen

»Ich habe jetzt Hunger.«

Mit den übrigen Familienmitgliedern hatte Tante Leonie geduldig ausgeharrt. Julianes Idee war es gewesen, für Ginneck zum späten Frühstück im kleinen Salon decken zu lassen, da sich die erste Begegnung dort intimer arrangieren ließ. Wie zufällig hatte sich die ganze Familie gleichzeitig dort eingefunden und zwei volle Stunden mit dem Essen gewartet.

»Mach nicht so ein Gesicht«, hatte Juliane ihre Tochter ermahnt.

»Ich verpasse wieder eine Trainingsstunde.« Wütend war Alexandra aufgesprungen und hatte verkündet: »Richtet Bernhard aus, er kann mir den Buckel runterrutschen.« Die mahnenden Rufe ihrer Mutter missachtend, war sie hinausgelaufen und hatte ihre Wut im kalten Weiher abgekühlt.

Um acht Uhr sollte das Abendessen im kleinen Salon serviert werden. Ein Dreigangmenü mit Flädlesuppe, Badischem Schäufele und Schwarzwälder

Kirschtorte. Zunächst wollte Alexandra gar nicht kommen. Nur dem Zureden Leonies war es zu verdanken, dass sie es sich anders überlegte, sie erschien allerdings in einem für die Tageszeit provokanten Aufzug. Alexandra trug ihre Jeans hochgekrempelt, die karierte Bluse schnürte sie unter dem Busen, das Haar war achtlos hochgesteckt. Juliane hätte daran einiges zu bemängeln gehabt, ließ es aber bleiben, da sie froh war, dass Alexandra immerhin im gleichen Raum mit ihnen saß.

Mehrmals schon hatte Johann mit fragendem Augenaufschlag hereingeschaut: Die Suppe hätte serviert, das Schäufele aufgeschnitten werden können.

»Noch nicht«, rief Juliane. Sie tupfte sich die Oberlippe mit der Serviette. »Selten im Leben bin ich so gedemütigt worden. Wenn Ginneck mir keine befriedigende Erklärung für sein Benehmen gibt, kann er gleich wieder abreisen.«

»Eine glänzende Idee.« Unter dem Tisch schlüpfte Alexandra aus den Sandalen.

»In seinem Telegramm schreibt er, er möchte die Familie begrüßen. Was stellt er sich denn vor? Dass wir bis Mitternacht mit dem Essen warten?« Juliane zeigte auf Alexandras nackte Füße. »Benimm dich nicht so flegelhaft.«

»Es ist Sommer. Wir werden noch früh genug in dicken Pullovern vor dem Ofen sitzen.«

»Ich habe jetzt Hunger«, wiederholte Tante Leonie und klingelte nach Johann. Er erschien fast im selben Moment. »Was würden Sie an unserer Stelle machen, Johann?«

»Essen«, lautete die Antwort, begleitet von einer knappen Verbeugung.

»Gut. Lassen Sie auftragen.«

Beim Hinausgehen wich Johann einem jungen Mann aus, der im saloppen Sommeranzug in den Salon trat.

»Hallo«, sagte er fröhlich in die Runde.

Julianes Miene hellte sich auf. »Ach, wie schön.« Sie sprang auf und eilte auf den Eintretenden zu. »Mein lieber Herr Ginneck, oder darf ich Bernhard sagen? Sie müssen ja todmüde gewesen sein. Und wie Sie sich verändert haben, in nur drei Jahren, mein lieber Bernhard.«

»Mutter …«, rief Alexandra aus dem Hinterhalt.

Juliane ließ sich nicht aus dem Konzept bringen. »Wir haben uns gerade erst zum Essen gesetzt.« Mit einer Geste lud sie ihn ein, ihr an den Tisch zu folgen. »Erinnern Sie sich noch an unsere liebe Tante Leonie?«

»Mutter, das ist nicht …«, versuchte Alexandra es zum zweiten Mal.

Mit hochgezogenen Augenbrauen gab der junge Mann im Sommeranzug Leonie die Hand. »Schönen Abend.«

»Und hier haben wir natürlich …« Mit einer königlichen Geste wies Juliane auf ihre Tochter. »Aber ihr beide kennt euch ja längst.«

Während Alexandra die Augen verdrehte und sich im Stuhl zurückwarf, trat der junge Mann vor sie. »Mich vorstellen? György Király. Angenehm.«

Juliane erstarrte. »Was wollen Sie denn hier? Das ist ein ausschließlich der Familie vorbehaltener Bereich des Schlosses.«

»Verlaufen. Mich verzeihe. Verlaufen in Treppen. Viele. Verzeihe.« Er nickte Alexandra zu. »Vielleicht kennenlernen anderswann?«

»Einen schönen Abend«, kicherte Alexandra, obwohl ihr die Mutter leidtat. György Király verließ den Salon.

Als hätte man aus einem Ballon die Luft rausgelassen, sank Juliane auf ihren Stuhl. »Ich kann jetzt unmöglich etwas essen.«

»Ich schon«, sagte Leonie.

»Eigentlich bin ich auch nicht hungrig«, gab Alexandra bekannt, nachdem sie einen Blick aus dem Fenster geworfen hatte. Ein schwarzer Mercedes kam die Auffahrt hoch. Wenn sie nicht alles täuschte, war das Otto Türkheim. Der Hoteldiener lief ihm entgegen und nahm sein Gepäck aus dem Kofferraum.

Otto hatte sein Versprechen gehalten, das freute Alexandra sehr. Er zog in die Turmsuite ein. Sie würde mit ihm plaudern können, statt sich im Gespräch mit Ginneck abquälen zu müssen, der entweder ein Siebenschläfer oder in seinem Bett gestorben war. Was für eine wunderbare Wendung des Abends! Ohne die Zustimmung ihrer Mutter abzuwarten, warf Alexandra die Serviette auf den Tisch und sauste aus dem Salon.

Juliane presste zwei Finger an die Migränestelle über ihrer Augenbraue. »Wenn ihr mich sucht, ich bin im Wintergarten.« Im Hinausgehen begegnete sie dem Kellner, der mit einem großen Tablett und drei Tellern dampfender Flädlesuppe hereinkam.

»Nur herbei mit der Suppe«, ermunterte ihn Leonie.

••••

Gähnend kam Bernhard Ginneck die Treppe herunter. Khakishorts, Sandalen und ein weites rotes Hemd schienen ihm für seinen Urlaubsbeginn die richtige Garderobe. Auf halbem Absatz begegnete ihm ein junger Mann im cremefarbenen Sommeranzug. Sie musterten einander.

»Hallo«, sagte der junge Mann mit unüberhörbarem Akzent.

»Hallo.« Bernhard nickte freundlich. »Gerade erst angekommen?«

»Speisesaal«, lautete die Antwort. »Speisesaal, wo?«

Während er Auskunft gab, begriff Bernhard, weshalb er stehen geblieben war: Er und der Fremde hatten eine gewisse Ähnlichkeit. Wie merkwürdig, seinem Spiegelbild in einer fremden Person zu begegnen. Der Hotelgast trug das Haar anders, hatte eine dickere Nase und massive Augenbrauen, aber im Großen und Ganzen hätte er als Bernhards Double durchgehen können.

»Einen schönen Aufenthalt noch.« Ginneck sprang die letzten Stufen hinunter und steuerte auf den kleinen Salon zu. Plötzlich hörte er ein rhythmisches Klappern und mehrmaliges Jauchzen.

»Jetzt bin ich dran!«, rief eine Kinderstimme.

Bernhard änderte seine Route, ging dem Geräusch nach und betrat den Rittersaal. Zwischen den Rüstungen blieb er stehen.

»Eins, zwei, drei, vier, fünf–«, zählte Franz, der Ältere, während Michael mit einem Ding, das wie ein Pingpongschläger aussah, eine Holzkugel in der Luft zu halten versuchte. Ein Gummifaden brachte die Kugel dazu, immer wieder zurückzuschnellen. Mehr als acht Schläge schaffte der Kleine nicht.

»Du hast ja noch nicht einmal richtig angefangen!«, lachte Franz. »Wer ist jetzt dran, Marcello?«, fragte er einen Dunkelhaarigen, der auf dem Boden saß.

»Ich bin dran!«, rief Bernhard und betrat den Saal.

»Bernie!«, riefen die Jungs wie aus einem Mund.

»Hast du endlich ausgeschlafen?« Sie rannten auf ihn zu, Franz gab ihm die Hand, Michael umarmte den Gast ohne Umstände.

»Hallo, meine Herren.« Er knuffte beide und hob Michael hoch. »Ausgeschlafen? Wieso ausgeschlafen?«

»Mutti und die anderen haben stundenlang mit dem Frühstück auf dich gewartet«, krähte Michael.

»Das hätten sie nicht tun sollen. Ich war wahnsinnig müde und habe auf meinem Zimmer gefrühstückt.«

»Alexandra war stinkwütend«, lachte Franz. »Sie wird immer wütend, wenn man sie warten lässt.«

»An die wütende Xandi kann ich mich noch gut erinnern.« Bernhard setzte Michael ab. »Gott, seid ihr groß geworden! Micha, dich hätte ich kaum wiedererkannt. Und du bist im Stimmbruch, Franz.«

»Ich kriege sogar schon einen Bart.« Stolz zeigte er auf seinen blonden Flaum.

»Und das ist …« Bernhard ging auf Marcello zu. »Verzeihen Sie, ich bin Bernhard Ginneck.«

»Marcello Montegiallo.« Sie schüttelten einander die Hand.

»Vor drei Jahren waren Sie noch nicht hier, soweit ich mich erinnere.«

»Marcello ist Xandis Quälgeist«, ging Franz dazwischen. »Er trainiert sie im Fechten und macht ihr das Leben zur Hölle.«

»So schlimm wird es nicht sein.« Bernhard musterte den schlanken jungen Mann.

»Fräulein Cehringer ist eine große Begabung«, antwortete der andere korrekt. »Ich gebe ihr bei den Herbstmeisterschaften gute Chancen.«

Bernhard nickte. »Montegiallo ist ein seltener Name in dieser Gegend.«

»Ich komme aus Verona.«

»Du solltest den Namen hören, den er unserem Spiel gegeben hat«, rief Michael.

Bernhard nahm den Schläger vom Boden auf. »Ach ja, das Spiel. Wie heißt es denn?«

Franz stellte sich in einer theatralischen Pose hin. »*I conigli saltano!*«

»I conigli …«, Bernhard überlegte. »Das heißt … die hüpfenden Hasen?«

»Es ist ein altes Kinderspiel aus meiner Gegend.«

»Marcello hat es selbst gebastelt.«

»Wie raffiniert.« Bernhard begutachtete es.

Marcello schüttelte den Kopf. »Eine Kugel, eine Gummischnur, ein Pingpongschläger, mehr ist nicht dahinter, Herr Ginneck.«

»Darf ich mal probieren?« Bernhard ging in Position.

»Marcello schafft hundertfünfzig Wiederholungen!«, rief Michael.

»Wirklich? Ist das nicht etwas übertrieben?«

»Ich fürchte, es stimmt«, nickte der Fechttrainer.

»Ich zähle mit«, gab Franz bekannt.

Bernhard begann. Für jemanden, der Tennis spielte, war das Ding einfach zu handhaben, doch da die Kugel schnell zurücksprang, musste man sich konzentrieren.

»Achtzehn – neunzehn – zwanzig –«, trompetete Franz.

»Einundzwanzig – zweiundzwanzig –«, rief Bernhard selbst.

Als er für einen Augenblick zur Tür schaute, entdeckte er zwischen den ritterlichen Türstehern Juliane Cehringer. Das genügte, ihn aus dem Konzept zu bringen. Die Kugel verfehlte den Schläger.

»Zweiundzwanzig«, rief Franz. »Da bin ich aber besser.«

Bernhard gab ihm den Schläger zurück und wandte sich zur Tür.

»Mein lieber Bernhard …« Juliane kam zwei Schritte näher und blieb unvermittelt stehen. »Bernhard?«, fragte sie sicherheitshalber. »Sie sind es doch?«

»Juliane! Sie haben sich kein bisschen verändert.« Während er auf sie zulief, klapperten seine Sandalen auf dem alten Parkett.

Überrascht ließ sie sich von ihm auf die Wangen küssen. »Wir freuen uns schon alle auf Sie.« Sie hakte ihn unter.

Bernhard drehte sich noch einmal um. »Hundertfünfzig?«, fragte er Marcello. »Ist das auch wahr?«

»Es stimmt, Herr Ginneck.«

Am Arm von Juliane betrat Bernhard den Innenhof. »Wie schön es bei euch ist. Ich hatte es fast vergessen.«

Einen kleinen Seitenhieb konnte sich Juliane nicht verkneifen. »Hoffentlich haben Sie gut geschlafen. Sie sind nach dem Flug wohl sehr müde gewesen?«

»Hundemüde«. Ein wachsamer Blick. »Und da bekommt einem euer Landfrühstück besonders.«

»Frühstück?«, entgegnete sie indigniert.

»Ich habe auf dem Zimmer gefrühstückt. Ich wollte nicht, dass ihr mit dem Essen auf mich wartet.«

Juliane schoss Blitze aus den Augen, doch ihre Lippen lächelten. »Wie überaus rücksichtsvoll von Ihnen.« Sie öffnete die Tür zum Wintergarten. »Und hier ist die Familie, die Sie schon ungeduldig erwartet.«

Juliane prallte zurück. Tante Leonie saß allein beim Essen. Vor ihr stand ein leerer Suppenteller, gerade machte sie sich über das Schäufele her.

Bernhard ging lächelnd auf Leonie zu. »Es freut mich, Sie wiederzusehen.«

»Das Schäufele ist noch warm. Wenn Sie sich beeilen –« Sie wies auf die Vorlegeplatte.

»Ehrlich gestanden habe ich gerade erst gefrühstückt.«

»Wo ist Alexandra?«, fragte Juliane.

»Zur Stelle.« Fröhlich kam ihre Tochter bei der

anderen Tür herein, einen Herrn mit sich ziehend. »Darf ich vorstellen?«

»Nicht nötig.« Otto Türkheim trat auf Juliane zu. »Es ist allerdings eine Weile her. Erinnerst du dich noch, Julie?«

»Otto? – Otto …« Sie wurde bleich und bekam zugleich rote Wangen. »Eine Weile? Das muss Jahrzehnte her sein. Hubert hat damals noch gelebt.«

»Richtig, Hubert.« Er nickte ernst. »Ich habe dir kondoliert.«

»Aber du warst nicht auf seiner Beerdigung.«

»Ich fand es richtiger so.«

»Otto – dass du so plötzlich auftauchst –« Juliane schien den wahren Grund für das Treffen vollkommen vergessen zu haben. »Warum setzen wir uns nicht? Bernhard, wenn Sie vielleicht dort Platz nehmen wollen. Alexandra, du leistest ihm Gesellschaft.«

Verwundert beobachtete Alexandra die Veränderung ihrer Mutter. Während Tante Leonie ungeniert weiteraß, während Johann den Kellner anwies, ein weiteres Gedeck aufzulegen, gab Alexandra Bernhard die Hand.

»Hallo. Ausgeschlafen?«

»Guten Abend, Xandi. Du bist die Dritte, die mich das fragt.«

Sie musterte sein knallrotes Sommerhemd. »Willst du später noch zum Stierkampf?«

Er lachte gutmütig.

»Ich dachte, in Frankfurt tummelt sich die mondäne Welt. Wieso trittst du nicht im weißen Dinnerjacket auf?«

Er musterte ihre Jeans, die Bluse. »Bei dir habe ich eigentlich eine Schwarzwaldtracht erwartet.«

»Enttäuscht?«

»Du würdest mir auch mit Bommelhut gefallen.«

Aufmerksam musterte der alte Johann die Szene. Leonie nahm eine Rennie-Tablette, da ihr schweres Essen auf den Magen schlug. Alexandra hätte lieber bei Otto gesessen, doch der hatte neben Juliane Platz genommen, die eine unerklärliche Mädchenhaftigkeit an den Tag legte.

• 8 •

Das Konzert

Kurz bevor der Lärm losbrach, beschloss Alexandra, der Sache auf den Grund zu gehen. Von ihrem Balkon aus hatte sie einen guten Blick zur Turmsuite hinüber. Es war ein Uhr nachts, aber erst vor fünf Minuten war dort das Licht angegangen. Kurz entschlossen schwang sie ein Bein über das schmiedeeiserne Geländer und warf einen Blick in die Tiefe – nur nicht übermütig werden. Die Höhe schreckte sie nicht, aber es hatte genieselt, das Blech könnte glitschig sein. Der Steg, auf dem sie sich bewegte, war breiter als ein Gesims, aber schmaler als ein Balkon. Mit dem Gesicht zur Wand schlich sie an der Turmbekrönung entlang. Wie befürchtet, war es nass, sie wischte erst den einen, dann den anderen Fuß an der Schlafanzughose ab. Plötzlich hörte sie Stimmen aus dem Turm. Ein Mann sprach mit einer Frau. Überrascht stieß Alexandra den Atem aus: Otto Türkheim hatte eine Frau im Zimmer?

Kurz bevor der Lärm losbrach, legte sich Bernhard Ginneck einen Turm weiter ins Bett. Ein sonderbarer Abend, fand er, mehr als sonderbar. Oder lag es vielleicht nur an ihm selbst? Bernhards Lebensplanung folgte einem bestimmten Prinzip. Als Erstes stellte sich bei ihm eine bestimmte Vorstellung ein, quasi eine Phantasie. Als Nächstes begann er, rund um diese Phantasie eine Realität zu bauen. Seine aktuelle Phantasie galt Schloss Sonnbach, diesem Ort mit der unverwechselbaren Atmosphäre, so wie er sie in Erinnerung hatte. Um diese Sonnbach-Phantasie hatten sich seine Wünsche zu ranken begonnen, bis die Vorstellung so unverwechselbar geworden war, dass Bernhard sie zur Realität erklärte.

Das war der Zeitpunkt, als er sein Sportflugzeug bestiegen hatte, um möglichst schnell an den erwünschten Ort zu kommen. Er war in den Schwarzwald geflogen. Das Schloss stand da wie eh und je, die Atmosphäre flimmerte wie im Licht jenes Sommers vor drei Jahren. Die Familie, auch Alexandra hatten sich eingefunden. Alles andere aber entsprach nicht seiner Phantasie. Das verwirrte Bernhard. Er nahm sich vor, Realität und Wirklichkeit morgen einer eingehenden Prüfung zu unterziehen. Er drehte sich um und löschte das Licht.

Kurz bevor der Lärm losbrach, siegte bei Alexandra die Neugier über die Scheu. Als sie die Balkontür von Otto Türkheim endlich erreichte, waren die Stimmen verstummt, aber das Licht brannte noch. Die Vorhänge waren zugezogen. Sie fasste sich ein Herz und klopfte an das Glas. Von drinnen hörte sie Wasser fließen. Er putzte sich die Zähne, hatte sich möglicherweise schon ausgezogen, überlegte sie und klopfte trotzdem zum zweiten Mal.

Der Vorhang wurde beiseitegezogen, ein überraschtes Gesicht tauchte auf, in dessen Mund eine Zahnbürste steckte. Otto Türkheim öffnete.

»Xandi?«

»Guten Abend. Ich dachte, du bist vielleicht einsam in deinem Turm.«

»Alexandra, das geht aber nicht.«

Selten setzte Otto so ein erwachsenes Gesicht auf; sie kam sich wie ein kleines Kind vor. »Was geht nicht?« Bevor er Einspruch erheben konnte, schlüpfte sie hinein.

»Du hast, fürchte ich, irgendetwas falsch verstanden.« Da sie nicht antwortete, fuhr er fort. »Du bist im Pyjama, ich beim Zubettgehen. Du kannst hier nicht einfach auftauchen.«

War er wirklich ärgerlich, oder sah er sich nur gezwungen, den Erziehungsberechtigten hervorzukehren?

Zum zweiten Mal versuchte sie es auf die freche Tour. »Du hattest vorhin Damenbesuch. Wieso darf ich dann nicht auch zu dir kommen?«

»Jetzt gehst du zu weit.« Er lief ins Bad, spülte sich den Mund aus, wischte sich die Lippen ab und stellte die Zahnbürste ins Glas.

»Wer war hier? Jemand vom Schloss? Natürlich jemand vom Schloss.«

Bevor sie die Badezimmertür erreichte, drehte er sich um. »Es war deine Mutter, wenn du es genau wissen willst.«

»Mama? – Du hattest Mama zu Besuch?« Sie wollte lachen, aber das Lachen blieb ihr im Halse stecken.

»Wir haben ein wenig über früher geplaudert«, antwortete er leichthin.

»Auf deinem Zimmer?«

»Die Bar hatte schon geschlossen.« Er cremte sich die Hände ein.

Plötzlich hielt sich Alexandra die Hand vor den Mund. »Herrje! Hattest du mal etwas mit meiner Mutter?«

»Kein Kommentar.«

»Nachdem wir im Kino waren, hast du gesagt: *Natürlich kenne ich die Herrin von Schloss Sonnbach*. Woher denn, Otto?«

Er sah sie an. »Kein Kommentar.«

»Kein Kommentar bedeutet: Du hattest was mit ihr.« Wieso hörte sich ihre Stimme so grell, so unsicher an? »Erzähl es mir, erzähl schon, Otto, was war mit euch?«

Wortlos ging Türkheim zur Tür und öffnete sie. »Gute Nacht, Alexandra.«

Sie wollte sich damit nicht zufrieden geben, doch in diesem Moment brach der Lärm los.

Das Anwesen von Schloss Sonnbach war umzäunt. Der Zaun sollte das Wild fernhalten, damit sich die Rehe und Hirschen nicht an den Leckereien gütlich taten, die im Wald nicht zu finden waren – Rosenblüten, Weigelienknospen, Kuckuckskraut und Kirschzweige. Der Bereich umfasste acht Hektar, der Wildzaun erstreckte sich also über mehrere Kilometer. Kein Wunder, wenn hie und da doch ein Tier durchschlüpfen konnte. Sobald ein Reh ein Loch im Zaun gefunden hatte, kamen bald andere und vergrößerten die Lücke immer weiter.

Durch so ein Loch waren die Hauptdarsteller des nächtlichen Konzerts auf das Schlossgelände geschlüpft. Sie formierten sich nicht zu einem geordneten Chor, sie heulten und winselten, wie es ihnen gefiel, sie kläfften auf den Wiesen und im Schutz der Bäume. Besonders Mutige trauten sich bis auf den Kiesweg hinaus. Sie erhoben ein Geheul, das von Lebenslust und Lebensnot erzählte, von Leidenschaft, Unausweichlichkeit, von Drang und zu guter Letzt Instinkt. Ihre Grußbotschaft war an ein gewisses Fenster im Erdgeschoss gerichtet.

Lange bevor der Lärm losbrach, hatte Johann bereits sein Licht gelöscht. Das Konzert riss ihn jäh aus dem Schaf. Er knipste die Lampe an und entdeckte Wutzel, der mit hochgestellten Ohren auf dem Bett saß.

»Was ist denn? Was ist los?«

Mit ernster Miene sah Wutzel ihn an, eine Art von Entschuldigung lag darin.

»Geht das etwa dich an?«

Wutzel warf einen Blick aus dem Fenster.

Johann fuhr sich durch das wirre Haar. »Aber … Aber wenn die Meute da draußen wegen dir gekommen ist, dann bist du ja gar kein Wutzel, sondern … eine Wutzeline. Du lieber Himmel!« Er setzte sich auf. »Das kann böse enden, mein Fräulein. Deine Verehrer wecken ja das ganze Schloss auf. Und Frau Cehringer trifft der Schlag, wenn sie das erfährt.«

Die Herrin von Schloss Sonnbach stand im Morgenmantel an ihrem Fenster.

»Ruhe! Mitten in der Nacht! Skandal!«, schrie sie in den Schlosspark hinaus. Entgegen der Hausordnung musste ein Hotelgast sein Haustier mitgebracht haben.

Juliane riss den Telefonhörer von der Gabel, um das Personal zu wecken. Aber was dann?, überlegte sie. Sollte sie Johann befehlen, mitten in der Nacht eine Razzia durchzuführen und jeden Gast einzeln zu befragen? Das war ausgeschlossen. Vor morgen früh konnte sie der Sache nicht auf den Grund gehen. Langsam sank die Hand mit dem Hörer wieder herab. Der nächtliche Krawall schien auch schon schwächer zu werden.

Im Personaltrakt hatte Johann inzwischen gehandelt. »Tut mir leid, aber anders geht es nicht«, erklärte er der struppigen Verführerin, hob Wutzel vom Bett und trug sie ins Bad. Dort legte er sie auf ein Handtuch. »Wenn deine Verehrer dich nicht mehr wittern können, werden sie sich trollen.« Er zog die Tür zu. »Schlaf gut. Bis morgen. Dann müssen wir uns etwas ausdenken.«

Nachdenklich kehrte Johann zum Bett zurück. Was um Himmels willen sollte man sich in diesem Fall ausdenken? Die Natur blieb die Natur, und eine Hündin auf Schloss Sonnbach blieb verboten. Vor allem musste er den Verdacht von sich selbst ablenken. Er trat ans offene Fenster und rief:

»Ruhe! Das ist unglaublich! Zu nachtschlafender Zeit! Sperren Sie Ihren Hund ein!« Mit Schwung schlug er das Fenster zu, stieg ins Bett und löschte das Licht.

Im Turmzimmer hatte sich Bernhard aufgesetzt. Genau das war es, was er im Schwarzwald zu finden hoffte. Bernhard Ginneck war der Zivilisation Frankfurts entflohen, dem Sachlichen, dem Kühlen.

Dagegen war die Kraft dieses Landstrichs urwüchsig und schwer wie die Granitfelsen, urzeitlich wie das Moos, gigantisch wie die Tannen. Ein Grün wie in diesen Wäldern gab es nirgends sonst, und diese Luft! Alles im Schwarzwald war schwer und leicht zugleich. Bis jetzt hätte er es nicht recht beschreiben können, erst die heulende Rotte da draußen machte Bernhard klar, dass auch er seinem Instinkt gefolgt war, als er den Schwarzwald angeflogen hatte. Er wollte auch weiterhin seinem Instinkt vertrauen.

Die Hunde der Nachbarschaft hatten die Witterung verloren und zogen ab. Alexandra tat das Gleiche. Es war ihr nicht gelungen, den Groll von Otto zu besänftigen. Sie hatte sich dumm benommen, das tat ihr leid. Sie konnte jetzt unmöglich schlafen.

Sofern man nicht die Turmbekrönung entlangbalancierte, war der Weg von Türkheims Zimmer zu ihren eigenen Räumen ziemlich umständlich. Zuerst musste sie die Gästetreppe ins Erdgeschoss hinunterlaufen, von wo sie die Treppe in den Privatbereich der Familie erreichte. Doch da sie schon einmal unten war, wollte sie ins Freie und nachsehen, ob bei Johann Licht brannte. Auf bloßen Füßen lief sie über den Kies.

Alexandra hatte keinen Zweifel, welcher Hund der Auslöser für das Sehnsuchtskonzert gewesen war. Johanns Fenster waren dunkel. Dagegen entdeckte sie hoch oben ein einziges Licht. Das war nicht Ottos

Turm, sondern der von Bernhard. Zwei Männer in unterschiedlichen Türmen. Sie schmunzelte – zur Zeit, als Sonnbach erbaut worden war, hatte kein Ritter es als Annehmlichkeit empfunden, so hoch oben zu wohnen. Dorthin hatte man die Schlosschronisten oder die verrückten Verwandten verbannt. Die Ritter von heute saßen dagegen schlaflos in ihren Türmen, während das Burgfräulein im Schlafanzug bei Mondlicht über die nächtliche Wiese spazierte, den Tau genoss und noch lange nicht schlafen gehen würde.

• 9 •

Ohne Badehose

»Ich frage Sie noch einmal, Johann: Wer hat heute Nacht geheult?« Als Erstes in aller Frühe hatte Juliane ihren treuen Angestellten einbestellt.

»Ich kann nur wiederholen: Keiner unserer Gäste ist im Besitz eines Hundes.« Johann erschien im gewohnten Cutaway. Seine Herrin konnte nicht wissen, dass er im Morgengrauen, vermummt mit Hut und Regenmantel, Wutzel schon ausgeführt hatte und zurück gewesen war, bevor der Bäcker die Frühstückssemmeln brachte.

»Das ist unmöglich«, widersprach sie. »Ein Hund hat geheult, und Sie werden feststellen, wo dieser Hund ist.«

»Wie stellen Sie sich das vor, Frau Cehringer? Ich kann nicht sämtliche Hund aus der Nachbarschaft verhaften lassen.«

»Das war eine Hündin, der das grauenhafte Konzert gegolten hat«, schlussfolgerte Juliane. »Sie muss ganz in der Nähe sein oder sogar bei uns im Haus.«

»Verzeihen Sie, aber da müsste ich ja bereits etwas davon bemerkt haben.«

»Sie haben auch etwas bemerkt. Sie haben letzte Nacht *Ruhe* gerufen.«

»Sobald ich mit meiner Morgenarbeit fertig bin, werde ich den Hund suchen.« Johann wagte ein Schmunzeln. »Obwohl ich eigentlich nicht als Detektiv angestellt bin.«

»Sie sind mein treuer Johann«, antwortete sie sanfter. »Wenn überhaupt jemand herausfinden kann, was der Grund dieses Geheuls war, dann sind Sie es.«

»Ich fürchte, da haben Sie recht«, seufzte er.

Juliane nahm ihre Handtasche. »Ich muss los. Alexandra und ich sind mit Ginneck am Weiher verabredet. Da er gestern so spät zu uns gekommen ist, haben sich die beiden noch kaum beschnuppern können.«

»Beschnuppern?«, wiederholte Johann, überzeugt, dass Frau Cehringer den Zusammenhang zwischen dem Wort und dem nächtlichen Konzert nicht bewusst war.

Wenig später spazierten Mutter und Tochter durch den duftenden Park zum Weiher, der zwischen Koniferen und Weiden geheimnisvoll verborgen lag. Die Birkenblätter hatten ihr frisches Grün abgelegt und das satte Grün des Hochsommers angenommen. Durchtränkt von Licht, versuchten die

Buchen vergebens, der Sonne den Durchbruch zum Boden zu verwehren. Überall flimmerten Lichtflecken auf dem kurz gehaltenen Gras. Mit ihren Vogelbeeren schufen die Ebereschen fröhliche Farbtupfer in der Parklandschaft. Frauenschuh, Margariten und wilde Rosen blühten.

Juliane spazierte, Alexandra marschierte dagegen missmutig neben ihr her.

»Ich weiß wirklich nicht, warum wir uns Bernhard ein zweites Mal anbiedern sollen. Wie hat er sich denn uns gegenüber benommen? Zuerst schläft er den ganzen ersten Tag, taucht erst zum Abendessen auf, pickt ein bisschen auf seinem Teller herum und verschwindet nach einer halben Stunde wieder in seinem Zimmer.«

»Er war eben müde.«

»Das sieht mir mehr nach Desinteresse als nach Schlafkrankheit aus.«

»Sei nicht so streng. Bernhard hat immer ein besonderes Wesen an den Tag gelegt.«

Juliane roch an dem Mandelbaum, den noch ihr seliger Hubert gepflanzt hatte. Das Mittelmeergehölz war wie durch ein Wunder im Schwarzwald gediehen und hatte sich von den schroffen Wintern nicht abschrecken lassen. Durch das Bäumchen schickte Juliane einen Gruß zum Himmel, wo sie Hubert verlässlich vermutete.

»Bernie ist verzogen und herablassend«, murrte

Alexandra. »Er bildet sich etwas auf seinen Reichtum ein.«

»Wer in so jungen Jahren schon zu den deutschen Millionären zählt, darf auch darauf stolz sein. Und jetzt Schluss mit dem Gejammer. Wir haben gestern nur ein Scharmützel verloren, aber noch lange nicht die Schlacht.«

»Mutter, du solltest dein Weltkriegsvokabular allmählich ablegen.«

»Recht hast du, es geht hier um rein geschäftliche Interessen«, stimmte Juliane zu. »Deshalb habe ich heute einen Zwölfstundentag für Bernhard ausgearbeitet. Davon wird er zehn Stunden und acht Minuten mit dir und der Familie verbringen.«

»Vielleicht will er sich aber bloß erholen«, gab Alxandra zu bedenken.

»Das Siebenschläfergehabe wird ihm ausgetrieben. Er mag den gestrigen Tag vielleicht mit Nichtstun verbracht haben, ich aber nicht.«

»Manchmal kriege ich richtig Angst vor dir, Mutter.«

»Das solltest du nicht. Du hast schließlich mein Blut in deinen Adern. Eines Tages wirst du das hier alles führen.«

»*Führen*, Mama?«

»Was bleibt dir denn anderes übrig, als die Probleme auf Schloss Sonnbach mit offenem Visier zu bekämpfen.«

»Und das soll ich tun, indem ich mit Bernhard ein Eis esse?«

»Wir sind Frauen. In unserem Fall sehen die strategischen Schachzüge anders aus.«

Vom Weiher konnte man schon das Geschrei der Kinder hören, die im Wasser tollten.

»Du verlangst doch nicht etwa, dass ich mit ihm flirte?«

»Ich will dir in diesem Punkt keine Vorschriften machen, weiß aber, du wirst alles tun, was nötig ist. Selbst wenn es dir schwerfällt.«

»Was soll ich denn tun?«, fragte Alexandra alarmiert.

»Bernhard – huhu!«, rief Juliane. Leichtfüßig wie ein Mädchen lief sie die letzten Meter an den Strand.

Bernhard Ginneck las die Frankfurter Allgemeine Zeitung. Als die Damen sich näherten, faltete er sie zusammen.

»Wo hast du die FAZ her?«, fragte Alexandra statt einer Begrüßung.

»Heute war ich zur Abwechslung früh auf den Beinen und habe den Bäcker gebeten, mich in die Stadt mitzunehmen. Am Bahnhof hatten sie die heutige Ausgabe.«

»Und wie bist du wieder raufgekommen?«

Bernhard wies auf einen dunkelhaarigen Schopf, der aus dem moorigen Wasser hervorguckte. »Euer Gast dort hatte sich einen Motorroller geliehen und war ebenfalls in der Stadt. Er hat mich mitgenommen.«

Juliane verengte die Augen. »Das ist ja … Ihr Doppelgänger, Bernhard.«

»Ist Ihnen das ebenfalls aufgefallen?«, lachte er. »Ich finde auch, dass er eine gewisse Ähnlichkeit mit mir hat. Oder ich mit ihm«, setzte er auf Alexandras kritischen Blick hinzu.

»Was trinken Sie?« Juliane setzte sich.

»Malzbier.«

»Wie wäre es mit einem Glas Wein?«, schlug sie vor.

»Um diese Tageszeit?«

»Es gefällt mir nicht, dass Sie mich immer noch siezen. Wir kennen uns so lange – wollen Sie nicht Juliane zu mir sagen?«

»Wir beide sollen uns duzen?«, fragte er überrascht.

»Das ist bei jungen Leuten heutzutage üblich. – Damit meine ich mich.« Sie lachte kokett.

»Mutter, bitte.« Alexandra verdrehte die Augen.

»Wollen wir das nicht lieber auf heute Abend verschieben?«, entgegnete Bernhard. »Ich habe nämlich Pläne, und dafür möchte ich einen klaren Kopf bewahren.«

»Pläne?«, fragte Juliane rasch.

Ehe er antworten konnte, mischte sich Alexandra ein. »Ich weiß genau, was du vorhast.« Ein listiger Funke glomm in ihren Augen. »Wollen wir es zusammen wagen?«

»Was denn?«

»Dein Doppelgänger scheint eine Wasserratte zu sein. Wie sieht es mit dir aus?«

»Ich bin nicht wasserscheu, aber …«

Alexandra öffnete ihre Bluse. Darunter trug sie ein Bikinioberteil. »Na dann: Nichts wie hinein.«

»Du hast mich nicht ausreden lassen. Ich wollte sagen: Ich habe keine Badehose dabei.«

»Eine Unterhose tut es auch.« Alexandra grinste. »In dem moorigen Wasser merkt man den Unterschied gar nicht.«

»Alexandra!« Juliane ließ einen Warnruf hören.

»Ich möchte aber, ehrlich gestanden, nicht schwimmen gehen.« Bernhard überschlug die Beine.

»Also doch wasserscheu?« Alexandra schlüpfte aus den Sandalen. »Ist es dir zu kalt?«

»Ich möchte einfach nicht.« Sein Lächeln wirkte angestrengt.

»Nicht so schüchtern.« Sie schreckte nicht davor zurück, ihn am Arm zu fassen und hochzuziehen.

»Alex … was tust du denn?«, hauchte Juliane.

»Ich bekämpfe das Problem mit offenem Visier«, antwortete ihre Tochter, während sie Bernhard festhielt.

Sanft und entschlossen löste Ginneck ihre Finger von seinem Arm. »Lass gut sein, Xandi. Ich gehe schwimmen, wenn ich es will. Du wirst mit meinem Doppelgänger vorliebnehmen müssen. Ihr könnt ja zur anderen Seite des Sees um die Wette schwimmen.«

Wütend trat sie zurück und ließ ihren Rock zu Boden fallen. »Na schön, dann sehen wir uns eben später.« Sie rannte den sandigen Weg zum Bootssteg, erreichte dessen äußerstes Ende und warf sich in den Weiher. Die schwarzen Wellen schlugen über ihr zusammen.

»Was für eine eiserne Sportlerin«, kommentierte Bernhard.

»So war sie schon immer«, murmelte Juliane, überfordert von dem aufgeflammten Streit.

»Ich werde mich jetzt zum Sägewerk aufmachen.« Bernhard winkte dem Kellner.

»Zum …Sägewerk?« Julianes Befürchtung verdichtete sich zur Sorge. »Warum denn?«

»Sie haben gestern selbst gesagt, ich soll nicht den ganzen Tag faulenzen. Die touristischen Sehenswürdigkeiten von Sonnbach habe ich mir vor drei Jahren angesehen. Jetzt bin ich neugierig auf das alltägliche Leben im Schwarzwald. Wo könnte ich es unverfälschter vorfinden als in einem Sägewerk?«

Trotz der Hitze war Juliane blass geworden. Sie behielt recht: Ginneck interessierte sich für die wirtschaftlichen Verhältnisse ihres Betriebs. Das schmucke Schloss, die pralle Natur, der blaue Himmel und die liebe Sonne interessierten das Finanzgenie Ginneck nicht. Er grub nach den Wurzeln und – man musste es leider bekennen –, die Wurzeln von Sonnbach waren angekränkelt.

»Wie zauberhaft von Ihnen, sich für unser Werk zu interessieren«, antwortete Juliane nach einer Schrecksekunde. »Aber ich muss Sie warnen: Der Weg dorthin ist weit.«

»Ich bin ein vortrefflicher Marschierer.«

»Ich werde Sie begleiten«, ging Juliane darauf ein.

»Mit diesen Schuhen?« Er zeigte auf ihre Pumps, die so wunderbar zu dem getupften Sommerkleid passten. »Da der Weg weit ist, werde ich natürlich allein gehen. Ich will Sie mit meinen Plänen nicht überrollen. Außerdem –« Lächelnd wandte er sich zum Weiher. »Irgendjemand muss Alexandra abtrocknen, wenn sie herauskommt.«

»Abtrocknen …?«, stammelte Juliane.

Der Kellner trat heran, Bernhard beglich die Rechnung, steckte die FAZ ein und machte eine knappe Verbeugung. »Ich bin gespannt, was mich im Sägewerk erwartet.«

Ohne einen weiteren Blick aufs Wasser zu werfen, wo Alexandra mit kräftigen Stößen hinauskraulte, schlug er den Weg in den Wald ein.

Juliane blieb versteinert zurück. Als der Kellner sie nach ihren Wünschen fragte, winkte sie ihn wortlos beiseite.

• 10 •

Attacke!

Alexandra suchte ihren Fechtlehrer in der Trainingshalle vergebens. Seine Montur hing unberührt an der Wand. Ebenso vergebens suchte sie ihn an der Hotelbar, wo er tagsüber Zutaten für die abendlichen Drinks vorbereitete, Zitronen schnitt, Maraschinokirschen auf Zahnstocher spießte, den Bestand von Gin und Cognac prüfte. Da Alexandra nichts mehr einfiel, wo sie suchen konnte, fragte sie Gusti, die Küchenhilfe.

»Marcello? Der ist draußen. Er macht gerade seine Pause. Ich kann ihn für Sie holen, wenn Sie wollen, Fräulein Alexandra.«

»Nicht nötig, so wichtig war es auch nicht.« Das junge Ding sollte nicht denken, Alexandra laufe hinter ihm her. Tat sie gerade nicht genau das – und warum? Weil ihr Ärger über Bernhard nicht weichen wollte. Sie hatte sich von dem Fatzke mit seiner angeberischen FAZ regelrecht vorführen lassen. Er hätte sich nichts vergeben, wäre er mit ihr schwimmen gegangen. Andererseits hätte sie nicht so kindisch darauf bestehen sollen. Wie eine Idiotin war Alexandra sich vorgekommen, als sie halb nackt vor ihm stand; wie eine Idiotin kam sie sich auch jetzt vor. Wegen des Treffens mit Bernhard hatte sie schon die zweite Fechtstunde ausfallen lassen. Doch als sie aus dem Wasser gestiegen und nach dem Duschen an den Tisch zurückgekehrt war, hatten sich Bernhard und ihre Mutter in Luft aufgelöst. Wütend war Alexandra im Bikini zum Schloss hochgerannt. Vom eisigen Wasser erfrischt, wollte sie das Training nachholen. Aber wo zum Teufel steckte Marcello?

Sie fand ihn auf der Wiese hinter dem Haus. Er starrte in die Luft und brachte einen langen Halm in seinem Mund dazu, hin und her zu tanzen.

Als er Alexandra kommen sah, setzte er sich auf. »Hast du deine Meinung, was das Training betrifft, geändert?«

»Das Programm hat sich geändert«, antwortete sie möglichst beiläufig. »Ich habe Zeit für meine Übungsstunde.« Sie wandte sich zur Reithalle. »Kommst du?«

Als er nach ihr in der dämmerigen Halle eintraf, stand Alexandra schon mit der Waffe in der Hand bereit.

»Du willst Degenfechten?«, fragte er überrascht.

»Das Florett ist zum Spielen da. Ich muss mich auf die Degenmeisterschaft vorbereiten.«

Marcello holte die schwerere Waffe von der Wand und wollte ein paar Dehnungsübungen machen. Alexandra ließ es nicht dazu kommen.

»En garde!« Schon griff sie an.

Er parierte ihre Attacke aus der Quart, sie machte einen Scheinangriff in der Prim, er wechselte in die Sekond, dadurch bekam sie die Möglichkeit, seine wattierte Brust *tout droite* zu treffen.

»Et là!«, kündigte sie den Treffer an.

»Touché!«, rief er, beeindruckt von ihrer Schnelligkeit.

»Et là!« Sie landete zwei Treffer dicht hintereinander.

»Touché, touché! – Ausgezeichnet!«

Alexandra, die sich vorstellte, dass ihr Gegner Bernhard Ginneck sei, wuchs über sich hinaus. Der helle Klang der Degen schallte durch die Reithalle bis ins Freie.

••••

Juliane drehte sich auf die andere Seite. »Es ist zum Wahnsinnigwerden. Den ganzen ersten Tag liegt Bernhard im Bett. Er verärgert die Familie mit seinem Benehmen und macht es Alexandra noch schwerer, nett zu ihm zu sein. Gestern geraten sie am Weiher in Streit, aber statt dass Xandi ihn davon abbringt, unseren Betrieb unter die Lupe zu nehmen, brüskiert sie ihn, schwimmt in der braunen Moorsuppe davon und spielt Wasserball mit diesem Ungarn. Darauf inspiziert Bernhard, wie ich befürchtet habe, den Zustand meiner Wälder. Zu allem Überfluss kontrolliert er noch unsere Maschinen im Sägewerk und hat gesehen, dass sie überaltert sind. Für manche Sägen gibt es schon keine Ersatzteile mehr.«

Juliane strich ihr offenes Haar zurück. »Ginneck hat eine ziemlich penetrante Art, das *wahre Leben* im Schwarzwald zu erkunden. Mittlerweile brauchte er nicht mal mehr einen Blick in die Bücher zu werfen, um zu durchschauen, was hier los ist: Schloss Sonnbach ist ein Potemkinsches Dorf, nichts als eine prachtvolle Fassade, umgeben von herrlicher Natur. Dahinter gammelt es im Gebälk.«

Er legte ihr beruhigend die Hand auf den Arm. »Jetzt übertreibst du aber. Sonnbach ist immer noch eine beeindruckende Immobilie.«

»Wovon redest du?« Entrüstet sah sie ihn an. »*Immobilie?* Ich will doch nicht verkaufen! Das ist mein Zuhause, mein Stammschloss.«

»Natürlich. Verzeih.« Er beugte sich nach hinten und langte nach seinem Zigarettenetui.

»Mein Ururgroßvater hat dieses Schloss 1824 von den letzten Nachfahren des Zähringergeschlechts gekauft. Damals war Sonnbach eine Ruine. Es hat ein volles Jahrhundert gedauert, bis wir alles wieder im alten Renaissanceglanz erstrahlen lassen konnten. Meine Familie hat dafür große Opfer gebracht und ist oft über ihre finanziellen Grenzen hinausgegangen. Bevor ich Hubert geheiratet habe, sah es so aus, als müssten wir das Schloss verkaufen. Jeder aus der Familie hat darum gekämpft, dass es nicht dazu kommt. Ich selbst bin so weit gegangen …« Sie verstummte.

»Was wolltest du sagen?« Das Streichholz flammte auf.

»Ich habe dich geliebt, Otto. Ich war absolut verrückt nach dir. Ich glaube, ich hätte sonst was getan, damit wir zusammenbleiben.«

»*Sonst was* –« Er sah der Rauchwolke nach. »Aber eben nicht alles.«

»Du hast recht.« Sie streichelte seinen Nacken. »Ich konnte mein Schloss nicht für dich aufs Spiel setzen.«

Liebevoll sah er sie an. »Damals habe ich es nicht verstanden und heute … Aber lassen wir das. Inzwischen sind so viele Jahre vergangen.«

Sie nickte traurig. »In der Nacht, als du im Regen davongefahren bist und ich wusste, ich werde dich nie wiedersehen, wäre ich fast gestorben.«

Er schmunzelte. »Damals war ich noch mit dem Fahrrad unterwegs. So nass bin ich seither nie wieder geworden.«

»Du warst eben ein armer Jurastudent.«

»Und du die junge schöne Prinzessin auf Schloss Sonnbach.«

Sie hielt seinem Blick stand. »Ich konnte damals nicht meiner Liebe folgen.«

»Hubert war der reichste Bauer im Südschwarzwald. Über tausend Kühe standen in seinen Ställen.« Er stippte die Asche ab.

»Sag nichts gegen Hubert. Er war ein guter Mann. Er hat mich und das Schloss gerettet. Das werde ich ihm nie vergessen.« Sie nahm ihm die Zigarette weg, drückte sie aus und küsste ihn auf den Mund. »Wir zwei wären auf Dauer ohnehin nicht glücklich geworden. Das war doch vor allem animalisch zwischen uns.« Sie biss ihn sanft in die Unterlippe. »Und das ist es immer noch.«

»Glaubst du wirklich?« Er umarmte sie. »Und wer hat in jener Regennacht so bitterlich geweint, dass sie kaum sprechen konnte, um mir zu sagen, dass es zwischen uns aus ist?«

»Ich kann mich gar nicht mehr so genau daran erinnern.«

»Kannst du doch.« Er streichelte ihren Rücken. »Und deshalb bist du vorhin in mein Turmzimmer geschlichen, deshalb liegen wir hier, und du fühlst dich so wunderbar an.«

Sie schmiegte sich an ihn. »Ja, das hat sehr gutgetan.«

»Mehr nicht?«, entgegnete er mit gespielter Empörung. »Ich fand, während unserer Liebe haben die Engel geweint und die Erde bebte.«

»Du bist ein guter Liebhaber, das weißt du selbst. Und ich habe diese *Entspannung* dringend gebraucht. In den letzten Tagen war ich so verkrampft – ich fand mich selbst zum Davonlaufen.«

Er rutschte ein wenig höher. »Wie soll das nun weitergehen?«

»Ich weiß vor Sorgen nicht mehr ein noch aus.« Juliane bedeckte sich. »Gestern Abend ist Bernhard nur kurz zum Essen aufgetaucht und hat sich danach mit diesem Ungarn verabredet, der ihm so ähnlich sieht. Sie trafen sich an der Bar. Ich konnte Alexandra nicht bewegen, mit den Herren einen Drink zu nehmen. Schmollend ist sie in ihrem Zimmer verschwunden. Währenddessen haben sich die Doppelgänger mit unserem Barmixer, dem Fechtmeister, angefreundet.«

»An eurer Bar mixt ein Fechtmeister die Drinks?«

»Tagsüber trainiert er Alexandra und in den Abendstunden …« Sie schnaubte durch. »Ach, das ist doch jetzt ganz egal. Marcello hat den beiden vom Reitturnier in Wittenschwand erzählt. Bernhard und der Ungar sind im Morgengrauen hingefahren und haben den ganzen Vormittag bei den Pferden verbracht.«

»Ich habe davon gehört. Es heißt, Ginneck soll ein prachtvoller Reiter sein.«

»Prachtvoll? Nach der Anstrengung war er so erschöpft, dass er wieder nicht zum Essen erschienen ist. Wir haben ihn überhaupt nicht zu Gesicht bekommen.«

Juliane hielt es nicht länger im Bett aus, sie schlüpfte in ihre Unterwäsche. »Weißt du, was er heute Nachmittag macht?«

Otto legte die Arme unter den Nacken. »Ich schätze, es ist nichts, was mit deinen Plänen in Einklang steht.«

»An seinem letzten Tag muss er Sport treiben! Er spielt Fußball. Ich begreife nicht, was er sich dabei denkt. Seit dem Vorfall am Weiher hat er keinen einzigen Blick auf Alexandra geworfen.« Sie schloss die Bluse. »Heute Abend haben wir noch das Sommerfest, und morgen reist er ab.«

»Mit wem spielt er Fußball?«

»Mit meinen Buben.« Juliane lief ins Bad. »Die Einzigen aus der Familie, die ihn interessieren, sind Franz und Michael. Soll ich Alexandra etwa auffordern, beim Fußballspielen mitzumachen.« Für einen Moment brach sie in Tränen aus. »Ach, verdammt! Jetzt zerläuft mir auch noch das Make-up.«

Otto stand auf und umarmte sie von hinten. »Juliane, du bist doch sonst immer so beherrscht und gefasst.«

»In Zeiten des Friedens gern, aber doch nicht im Krieg!«

Sie stieß ihn weg und trat ans Badezimmerfenster. Auf der Wiese war das Spiel in vollem Gang.

»Dieser Mann ist hergekommen, um mir meinen Besitz, mein Zuhause, mein ganzes Leben wegzunehmen. Da muss ich doch zu den Waffen greifen.« Sie öffnete das Fenster. »Das darf nicht wahr sein! Jetzt haben sie auch noch den Fechtlehrer dazu gebeten.«

Gemeinsam verfolgten sie den Verlauf des Spiels.

»Schau dir Bernhard an. Man sollte meinen, dass er sich in den Fechtlehrer verliebt hat. Er hat in diesen Tagen mehr Zeit mit Marcello verbracht als mit Alexandra.«

»Vielleicht sollte sich Alexandra mehr um den Fechtlehrer kümmern, dann würde sie mehr von Bernhard zu sehen bekommen«, sagte Otto scherzhaft.

»Otto, wenn du meine Nerven strapazieren willst …« Sie unterbrach sich, schloss langsam den Fensterflügel und drehte sich um. »Andererseits ist das gar nicht so dumm, wie es sich anhört.«

»Was ist mit deinen Nerven? Ich dachte, die hätten sich entspannt.«

»Natürlich ist schon der Gedanke daran ziemlich geschmacklos«, sagte sie nachdenklich.

»Welcher Gedanke?«

Mit verbesserter Laune küsste Juliane Ottos Nase. »Doch es bleibt ja unter uns. Eine Bettlerin hat eben keine Wahl.«

»Du meinst …« Er runzelte die Stirn. »Juliane, wenn du auf meinen Rat Wert legst: Tu es nicht.«

Als von draußen das Geschrei der Jungs zu hören war, sagte sie: »Fußballspielen wird ihm jedenfalls abgewöhnt.« Sie schlüpfte in die Schuhe und küsste Otto noch einmal. »Bis heute Abend, mein Lieber.«

Die Nacht auf dem Schloss

• 11 •

Entlarvt

Sonnbach befand sich im Belagerungszustand. Lieferautos, Lastwagen und Spediteure aller Art reihten sich zu Dutzenden auf den Parkplätzen. Jede anrückende Firma fand ihr Anliegen das dringlichste, jeder Transporteur wollte sofort abladen und erwartete Hilfe vom Schlosspersonal.

Johann konnte nicht mehr zählen, wie viele Sommerfeste er auf Sonnbach schon betreut hatte. Jedes Mal herrschte das gleiche Chaos, aber jedes Jahr hatte er das Durcheinander in ein gelungenes Fest verwandelt.

Fünfundachtzig Tische und dreihundertfünfzig Stühle wurden ausgeladen, abgestaubt und auf den Terrassen verteilt. Danach wurden die Baldachine entrollt, an langen Stangen hievte man sie in ihre Halterungen und spannte die Segel aus. Selbst ein kräftiger Windstoß würde die Markisen nicht davonwehen.

Diesen Sommer schien das perfekte Wetter für

das Fest zu herrschen. Der meteorologische Dienst am Feldberg bestätigte, was man am Firmament sah: Nichts als blauen Himmel, der sich rosa zu verfärben begann. Leichter Dunst hing über den Wipfeln.

Der Blumenschmuck musste zum richtigen Zeitpunkt geliefert werden. Trafen die Blumen zu früh ein, welkten sie in der Hitze, zu spät arrangiert, schwand das Licht bereits, und man konnte die Farbenpracht nicht mehr bestaunen.

Was die Speisen anging, kam das meiste aus der Hotelküche. Hunderte Portionen der Hauptgerichte wurden vorbereitet, typisch schwarzwälderisch, Schinken und Braten, Spätzle und Maultaschen. Den Fisch lieferte die nahe gelegene Forellenzucht, der Heringsschmaus für die Katerstimmung kam in Plastikeimern. Mit dem Nachtisch war es einfacher: Die Schwarzwälder Kirschtorte würde rechtzeitig aufgetaut werden.

Recht spät erreichten die Busse mit den Musikern Sonnbach. Es würde zwei Orchester geben. Die traditionelle Formation bestand aus Bläsern und kam mit dem ersten Bus. Im Schwarzwald herrschte die Tradition, dass jede Gemeinde ihre eigene Blasmusik unterhielt. Männer und Burschen spielten Tuba, Posaune und Trompete, Mädchen und Frauen lernten Flöte, Klarinette und Flügelhorn.

Mit einem VW-Bus reisten die *Wolpadinger* an. Die Combo tourte erfolgreich im Schwarzwald, hatte aber auch schon in Frankfurt ein Konzert gegeben. Drei Jungs und eine Sängerin spielten die neue Musik aus Amerika. Dass die *Wolpadinger* erstmals nach Sonnbach eingeladen worden waren, hatte Alexandra durchgesetzt.

Johanns Nervosität galt weniger den Vorbereitungen als dem Belagerungszustand des Schlosses. Das Gebäude war nicht nur umstellt von Autos, sondern auch unter Beobachtung von Dutzenden Augenpaaren, die alles sahen, was hinein- und herausgebracht wurde. Es schien unmöglich, Wutzel ins Freie zu schmuggeln. Im Morgengrauen hatte sich der Hund zum letzten Mal erleichtert, jetzt war bereits Nachmittag. Alle halben Stunden eilte Johann auf sein Zimmer und redete dem Hund gut zu.

»Es dauert jetzt nicht mehr lange. Ich finde ein Schlupfloch, wo ich dich rausbringen kann. Zur Not setzen wir dich in einen Korb und decken dich zu. Sobald sie den Champagner hineingeschafft haben, schnappe ich mir einen leeren Korb und trage dich hinaus. Es tut mir wirklich leid, aber heute ist so ein Tag, den haben wir nur einmal im Jahr, Weihnachten ausgenommen. Ich verspreche dir, ab morgen wird alles wieder normal. Dann führen wir unser schönes, ruhiges Leben weiter. Bitte, hab noch ein bisschen Geduld.«

Wutzel hörte aufmerksam zu, hob die Schnauze und gab sich den Anschein, als sei er bereit, das Opfer zu bringen. Doch als Johann an die Arbeit zurückwollte, bellte Wutzel – einmal, zweimal, dreimal.

»Nicht – nicht bellen. Das geht nicht. Es hält sich kein anderer Hund im Haus auf. Wenn dich Frau Cehringer hört, ist es um uns geschehen.«

Als Zeichen des Einverständnisses bellte der Hund noch einmal.

»Nicht! Sonst muss ich dich ins Bad sperren«, flehte Johann. »Wutzel, wir müssen zusammenarbeiten.« Seufzend verließ er das Zimmer und sperrte die Tür ab.

Nach vier Uhr nachmittags nahm die Hektik ab. Die Lieferanten waren abgefahren. Man sah Rudolf, den Lehrburschen, noch auf dem Löwen am Schlossportal sitzen und ihn mit einer Bürste abschrubben. Auch die Innenräume blitzten vor Sauberkeit. Nebeneinander waren die Hausdiener in langen Reihen über die Holz- und Marmorböden geglitten; sie hatten Bürsten und Reibetücher an die Füße geschnallt. Hinterher konnte man sich in den Böden spiegeln. Die Anschaffung eines hydraulischen Staubsaugerapparates war überfällig, aber Leonie, Hüterin der Finanzen, hatte das Geld noch nicht freigegeben.

Um vier Uhr hatten sich alle eine Pause verdient. In der Gesindeküche wurde für die Belegschaft ein nahrhaftes Essen serviert. Danach konnte jeder eine halbe Stunde tun, was er wollte. Nur Gusti wunderte sich, dass Johann nicht zum Essen kam. Die anderen kümmerte das herzlich wenig, sie hatten seit dem Morgengrauen geschuftet, behandelten ihre brennenden Füße und füllten den leeren Magen.

»Jetzt oder nie«, sagte Johann. Trotz der Sommerhitze warf er den Mantel über, leinte Wutzel an und verließ den Dienstbotentrakt, so schnell ihn seine alten Füße trugen. Unbemerkt erreichten sie den Seitenausgang, von wo man direkt in den Wald gelangte.

In diesem Moment kam ein mintgrünes Auto die Einfahrt hoch, ein Wagen, den Johann gut kannte: Es war der Borgward von Frau Cehringer.

»Ausgerechnet«, stieß er hervor. »Ich habe gar nicht gemerkt, dass sie weggefahren ist.«

Umzukehren war unmöglich. Jetzt würde sich zeigen, wie gut Wutzel gehorchte. »Das ist meine Gnädige«, zischte Johann. »Lauf wieder hinein und aufs Zimmer. Ich komme gleich nach.«

Bevor Juliane ausgestiegen war, verschwand Wutzel durch die Tür.

»Waren Sie in der Stadt?« Johann eilte auf das Auto zu. »Ich habe Sie gar nicht wegfahren sehen, Frau …«

Nicht Mutter Cehringer stieg aus, sondern ihre Tochter.

»Fräulein Alexandra, wieso fahren Sie den Borgward?«, stieß Johann hervor.

»Ich habe seit zwei Monaten den Führerschein.«

»Ja, natürlich, aber … Wenn nicht Frau Cehringer mit dem Auto gekommen ist, dann ist Frau Cehringer drinnen, und das bedeutet …« Er schlug die Hände zusammen. »Du lieber Himmel, das gibt ein Unglück.«

»Was denn?«

»Der Hund läuft drinnen frei herum!«

Massives Gebell zeigte an, dass seine Befürchtung wahr wurde. Gefolgt von Alexandra, hastete er zurück und sah, wie Wutzel die Treppe hochrannte, aber nicht die in den Personaltrakt, sondern in die herrschaftliche Etage.

»Wutzel! Nicht dahinauf! Nicht!« Johann verfolgte das Tier, bis er im Halbstock vor Anstrengung nicht weiterkonnte. Schwer atmend blieb er stehen.

Im langen geblümten Bademantel war Juliane Cehringer aus ihrem Zimmer getreten und lief ins Bad von Leonie hinüber, weil die Tante die größere Badewanne hatte. Juliane wollte sich eine halbe Stunde im warmen Wasser ausruhen und danach schminken und ankleiden. Auf halbem Weg wurde sie von einem struppigen Ungeheuer gestellt.

Wutzel hatte sich verlaufen. Er prallte auf eine Frau, die Zeter und Mordio schrie. Für Wutzel gab es nur eine Antwort: Er kläffte die Gegnerin im bodenlangen Mantel an.

»Was ist los?«, rief Alexandra, die Johann auf der Treppe überholte.

»Jetzt ist alles aus«, murmelte er. »Wutzel, kommst du her!«

Als der Hund die Stimme seines Beschützers hörte, kam er sofort angelaufen.

»Was ist das für ein Hund?«, schrie Juliane.

»Verzeihen Sie, der gehört mir«, bekannte Johann und fasste das Seil um Wutzels Hals.

»Ist das der, der letzte Nacht geheult hat?«

»Nicht er«, stellte Johann klar. »Die andern – die andern haben geheult.«

»Sie wissen, dass ich keine Hunde im Haus dulde.« Im Blumenmantel schritt Juliane die Treppe hinunter. »Sie machen nur Scherereien und Unordnung. Der Hund muss weg.«

»Er tut ja niemandem etwas«, verteidigte Johann Wutzel. »Bis jetzt ist er brav gewesen.«

»Wie lange haben Sie den Hund denn schon?«

»Zwei Tage. Er ist mir zugelaufen und will sich nicht mehr von mir trennen.«

»Sie hätten das Tier überhaupt nicht ins Haus bringen dürfen.« In gehörigem Abstand bezog Juliane Stellung. »Ich wiederhole: Der Hund muss weg, und zwar noch bevor das Fest beginnt. Was passiert, wenn er mit unseren Gästen das Gleiche aufführt wie soeben mit mir?«

»Beruhige dich, Mutter«, ging Alexandra dazwischen. »Wutzel hat sich über dich bestimmt mehr erschreckt als du über ihn.«

»Dir ist also bekannt, dass sich die Bestie im Schloss aufhält? Ich habe dich vorhin gesucht. Wo bist du gewesen?«

»Ich war mit dem Auto …«

»Nicht so wichtig. Ich muss mit dir sprechen.«

»Ich bin ja da.« Alexandra lief zwei Stufen hoch.

»Nicht hier. Komm auf mein Zimmer.«

»Wolltest du nicht gerade baden?«

Juliane blickte an ihrem geblümten Mantel hinunter. »Mein Bad muss eben warten.« Zu Johann gewandt, sagte sie: »Sie haben zwei Stunden Zeit. Ich will das Tier heute Abend nicht mehr im Haus haben.«

••••

»Setz dich.« Nachdenklich ging Juliane auf ihren Lieblingssessel zu und nahm Platz.

»Was ist denn, Mutter?«

»Musst du ausgerechnet an einem Tag wie diesem spazieren fahren?«

»Ich habe alles erledigt, was du mir aufgetragen hast.«

»Bist du Bernhard heute schon begegnet?«

»Nein, wieso?«

»Hast du wenigstens den Versuch unternommen, dich mit ihm auszusöhnen?«

»Wieso söhnt er sich denn nicht mit mir aus? Ich

habe ihm nichts getan.« Alexandra spürte ihre Wut hochsteigen.

»Offenbar hast du ihn verletzt. Seit der Sache am Weiher geht er dir aus dem Weg.«

»Er ist ein Fatzke.«

»Hast du mal überlegt, dass Bernhard vielleicht nur unsicher sein könnte? Ich gebe zu, es spricht gegen ihn, wenn er den Fußball deiner Gesellschaft vorzieht, aber heute auf dem Fest bieten sich doch ganz andere Spiele an.«

»Mutter! Was soll das heißen?«

»Du hast überhaupt keine Veranlassung, schüchtern zu sein«, sagte Juliane beruhigend. »Wenn du später das veilchenfarbene Kleid trägst, werden die Männer reihenweise weiche Knie bekommen.«

»Hör auf, so zu reden, Mutter. Bernhard interessiert sich überhaupt nicht für mich, im Gegenteil: Wir verabscheuen einander. Glaubst du etwa, er hätte drei Jahre auf mich gewartet? Die Zeitschriften sind voll davon, mit welchen Schönheiten er bei der Bambi-Verleihung oder auf dem Opernball gesehen wurde.«

»Du liest also die Artikel über ihn? Interessierst du dich etwa doch für Bernhard?«

»Mutter!« In ihrer Hilflosigkeit rannte Alexandra ans andere Ende des Zimmers. »Die Magazine liegen bei uns im Wintergarten. Natürlich werfe ich ab und zu einen Blick hinein.«

»Wie auch immer, heute ist Bernhards letzter Abend auf Sonnbach, und ich bin überzeugt, dass du das tun wirst, was nötig ist.«

»Was ist denn nötig, Mutter?«, entgegnete Alexandra misstrauisch.

Juliane stand auf und trat ans Fenster. Sie fand es nötig, ein wenig Dramatik in das Gespräch zu bringen. »Mein Liebling, du ahnst nicht, wie schwer es mir fällt, dich darum zu bitten. Aber in dieser Situation weiß ich am besten, was zu tun ist.«

»Was hast du vor?«

»Wir werden Herrn Montegiallo auf das Fest einladen.«

»Marcello? Wozu?«

Juliane drehte sich um. »Und zwar wirst du ihn einladen. Das wäre das Beste.«

»Ich kann ihn aber doch nicht einladen.«

»Ich weiß, mein Schatz, dass er nur ein Angestellter ist, aber wir haben eben keine Wahl.«

»Nein, ich meine: Marcello kann das Fest nicht als Gast besuchen. Er hat die ganze Nacht an der Bar zu tun.«

»Daran habe ich gedacht und einen Barmixer bestellt.«

»Ich verstehe dich überhaupt nicht. Sobald ich Marcello einlade, muss er sich doch einbilden, dass ich mich für ihn interessiere.«

»Wäre das so furchtbar?«

Bei Alexandra fiel der Groschen. »Was denn? – Alles nur, um Bernhard auf mich aufmerksam zu machen? Weißt du, wie entwürdigend dein Vorschlag ist?«

Juliane hatte vorausgesehen, dass Alexandras Stolz die entscheidende Hürde darstellen würde. »Schloss Sonnbach ist bereits einmal in ähnlichen Schwierigkeiten gewesen.« Sie legte die Hand vor die Augen, als müsse sie sich sammeln. »Vor zweiundzwanzig Jahren.«

»Vor meiner Geburt?«

»Hubert und ich waren bereits ein Paar«, nickte Juliane. »Aber er konnte sich nicht entschließen, mich um meine Hand zu bitten. Er hatte nur seinen Viehstall im Sinn. Da habe ich mich …« Sie senkte den Kopf. »Es fällt mir schwer, dir das zu bekennen.«

»Was denn?«

»Ich habe mich mit einem Jurastudenten eingelassen. Leider haben wir uns schrecklich ineinander verliebt. Kurz darauf hat mir dein Vater einen Antrag gemacht. Ich habe Ja gesagt.«

Fassungslos starrte Alexandra ihre Mutter an. »Das klingt, als sollte ich mich Bernhard an den Hals werfen! Damit fügst du deiner vorigen Demütigung eine noch schlimmere hinzu.«

»Kann man das Ganze nicht auch anders sehen?«

Das Sonnenlicht traf Alexandra von hinten; wie

ein goldener Brand leuchtete ihr Haar. »Nein, Mama, das kann man nur so sehen.«

»Heißt das, du wirst es nicht tun?«

»Ich werde …« Plötzlich trat ein fatalistischer Glanz in Alexandras Gesicht. »Warum eigentlich nicht? Vielleicht tanze ich sogar mit Marcello durch die Nacht.«

»Durch die Nacht? Was willst du damit sagen?«, fragte Juliane alarmiert.

»Er hat einen phantastischen Körper – und er weiß bestimmt, damit umzugehen.«

»Alexandra, mein Kind, was soll das heißen? Ich wollte doch nicht andeuten …«

»Doch. Genau das wolltest du, Mutter.« Alexandra lachte provozierend. »Du willst mit dem Feuer spielen? Dann wundere dich nicht, wenn es zu lodern beginnt.«

• 12 •

Marcellos Blick

Normalerweise hätte Johann um diese Zeit sein Haar mit Pomade in Form gebracht und die spezielle Livree aus dem Schrank geholt. Nicht den Gehrock für alle Tage, sondern seinen Seidenfrack. Für Fragen der Etikette blieb nun allerdings keine Zeit mehr. So wie er war, lief Johann mit Wutzel durch den Wald in Richtung Bergfrieden.

Der Tag war heiß, und sie Sonne stach. Mehrmals fuhr er sich mit dem Taschentuch über die Stirn. In dem schweren Gehrock schwanden ihm fast die Sinne. Doch es half nichts: Er musste Wutzel gut unterbringen.

»Wo willst du hin, Johann?«, rief jemand.

In seiner Eile hatte er nicht gemerkt, dass der grüne Borgward hinter ihm herangekommen war. Auch diesmal chauffierte Fräulein Alexandra.

»Ich muss den Hund …« Er war außer Atem. »Ihre Mutter hat befohlen …«

»Ich weiß. Wohin willst du ihn bringen?«

»In den Bergfrieden.«

»Zum schielenden Toni?«

Johann war erleichtert, stehen bleiben zu können. »Es stimmt, schielen tut er, dass einem schwindlig wird, wenn man ihm in die Augen schaut. Aber er hat ein gutes Herz. Er wird Wutzel aufnehmen, bis ich Zeit habe, mir etwas Besseres für ihn zu überlegen. Entschuldigen Sie mich bitte.« Mit seinem wiegenden Gang wollte er weiter.

»Ich fahre dich hin, Johann. In der Hitze ist das viel zu weit.« Sie öffnete die Beifahrertür. »Steigt ein, ihr zwei, du und dein Wutzel.«

»Aber Sie haben vor dem Fest bestimmt Wichtigeres zu tun«, wehrte Johann ab.

Ob das, was Alexandra getan hatte, wichtig war, konnte sie nicht sagen, doch es hatte einen starken Eindruck bei ihr hinterlassen. Es hatte ihr Herz bewegt.

Marcello war beim Essen gewesen. Nicht in der Gesindeküche, unter dem Nussbaum hatte er seinen Eintopf gelöffelt.

»Störe ich?«, fragte sie.

»Ist dir noch irgendeine Aufgabe für mich eingefallen?«, seufzte er.

»Ich würde es nicht *Aufgabe* nennen.« Sein frecher Ton ärgerte sie. »Ich habe mich gefragt, ob du eigentlich je ausgehst und dich amüsierst.«

»Wieso interessiert dich das?«

»Wenn sich jemand jede Nacht hinter einer Bar die Beine in den Bauch steht, hat er wahrscheinlich kaum Lust, auf der anderen Seite der Bar zu stehen.«

»Gibt es an meiner Arbeit hinter der Bar etwas auszusetzen?« Er ließ den Löffel in den Teller sinken.

»Ich weiß nur, dass du auf dem Fest nicht unser Mixer sein wirst.«

»Wieso?«

»Meine Mutter hat jemand anders dafür bestellt.«

Hastig kam er auf die Knie hoch. »Was habe ich mir zuschulden kommen lassen?«

»Das fragst du am besten meine Mutter. Aber da du nun frei hast, habe ich den Wunsch geäußert, man solle dich auf den Ball einladen.«

Täuschte sie sich, oder überzog sein gebräuntes Gesicht ein Anflug von Röte?

»Aus welchem Grund?«

»Weil wir auf dem Fest Damenüberschuss haben«, flunkerte sie. »Kurz und gut: Es werden Tänzer gebraucht.«

Marcello stellte seinen Teller auf die Wiese. »Ich bin kein Gigolo.«

»Sei nicht so melodramatisch.«

»Als *Eintänzer* bin ich auf Sonnbach nicht angestellt.«

»Du sollst ja auch mit mir tanzen.«

»Laufen denn nicht genügend Gockel auf dem Ball herum, die sich um diese Ehre reißen?«

»Was wäre, wenn ich dir sage, dass ich dich all den Gockeln vorziehe?«

Sie sah es in seinem Blick und erschrak. Sie sah es und erinnerte sich, öfter schon den Verdacht gehabt zu haben, dass Marcello in sie verliebt sein könnte. Sein forscher Ton, die Frechheiten, die er sich beim Training erlaubte, waren nur Tarnung für seine wahren Gefühle. In diesem Moment verriet er sich durch diesen Blick.

»Hat Juliane … Ich meine, hat deine Mutter diesem Wunsch zugestimmt?« Etwas Neues, anderes lag plötzlich in seiner Stimme.

»Sie hat zumindest nichts dagegen.«

Er sprang auf. »Alexandra!«

Der plötzlich so seltsam veränderte Marcello irritierte sie. »Wir erwarten dich also um neun.«

»Moment.« Er hielt sie am Arm fest.

»Was ist noch?«

»Auf dem Ball herrscht Frackzwang.«

»Oder Smoking.«

»Ich habe nichts anzuziehen. Im weißen Bolero des Barmixers kann ich ja wohl kaum erscheinen.«

Sie löste sich von ihm. »Sprich mit Johann darüber. Er wird sich darum kümmern.« Sie wollte gehen.

»Du bist plötzlich so freundlich zu mir«, rief Marcello ihr nach.

»Nein«, antwortete sie und konnte sich ihre Traurigkeit nicht erklären. »Nein, durchaus nicht.«

Johann stand immer noch neben dem Borgward, daneben hechelte Wutzel in der Hitze. »Na, springt schon herein, ihr zwei«, ermunterte Alexandra die beiden.

Was darauf folgte, konnte man keinesfalls als Sprung bezeichnen. Johann hob erst Wutzel ins Auto, folgte dann selbst mit der größten Umständlichkeit, bis er endlich neben Alexandra saß.

»Das ist eine große Hilfe. Danke«, keuchte er. »Ich muss so schnell wie möglich wieder im Schloss sein, damit dort nicht alles drunter und drüber geht.«

»Übrigens finde ich das unmöglich von Mutter, dass sie dir kurz vor dem Fest den Hund wegnimmt.«

Der alte Mann sah sie an. »Glauben Sie, dass Frau Cehringer ernst macht?«

»Man kann das Herz meiner Mutter durchaus erweichen, aber in diesem Punkt nicht. In unserer Familie hat es, seit ich denken kann, noch nie einen Hund gegeben.«

»Vielleicht sagt das mehr über Schloss Sonnbach, als mir bisher klar gewesen ist«, murmelte er.

Sie legten den Weg, für den Johann eine halbe Stunde gebraucht hätte, in fünf Minuten zurück.

»Bevor ich es vergesse, Johann, Herr Montegiallo wird heute als Gast auf das Fest kommen.«

»Marcello? Aber wer ist dann an der Bar?«

»Meine Mutter hat jemanden bestellt.«

»Das ist mir nicht recht, dass solche Arrangements ohne mein Wissen gemacht werden.«

Sie legte ihm die Hand auf den Arm. »Schone deine Nerven, Johann und such im Personalfundus einen Frack für Marcello.« Sie hielt vor der Gaststätte und stellte den Motor ab. »Wenn es dir recht ist, bleibe ich im Wagen. Dann geht es bestimmt schneller.«

»Wahrscheinlich haben Sie recht.« Johann und Wutzel stiegen aus.

Alexandra sah ihn mit hängenden Schultern hineingehen. Der alte Mann tat ihr leid. Zur Ablenkung schaltete sie das Radio ein und lehnte sich zurück. Bernhard reiste morgen endlich wieder ab. Dann würde das *Schaulaufen*, das Juliane um ihn veranstaltet hatte, gottlob zu Ende sein. Das Musikgedudel ging ihr auf die Nerven. Sie hielt es auch nicht länger im heißen Wagen aus. Beim Aussteigen hörte sie die Männer auf der Terrasse reden.

»Es wird nicht so heiß gegessen wie gekocht«, sagte der schielende Toni.

Alexandra spähte um die Ecke. Niedergeschlagen saß Johann auf einem Gartenstuhl und streichelte Wutzel. »Wenn es nach Fräulein Alexandra ginge, würde sie ihn mir bestimmt lassen.«

»Ja, aber die alte Sonnbacherin, das ist die Kanaille.« Toni stemmte die Fäuste in die Hüften.

»Bitte, sprechen Sie nicht in diesem Ton von meiner Herrin«, entgegnete Johann. »Sie hat es schwer, Schloss Sonnbach durch die neuen Zeiten zu manövrieren. Ich kann sie sogar verstehen, aber das hilft uns beiden nicht weiter.« Seufzend beugte er sich zu Wutzel. »Wenn Julianes Vater, der selige gnädige Herr, noch leben würde, der … der …« Ohne Vorwarnung begann der alte Mann zu weinen. Es musste die Erschöpfung sein, seine Ratlosigkeit, vielleicht auch die Hitze. »Ich habe sie auf Händen getragen.«

»Wen?«

»Frau Cehringer, die kleine Julie. Ihr Vater hat mir das Kind in die Arme gelegt. *Ich gebe sie dir, meine treuer Johann*, hat er gesagt. *Du wirst auf meine Julie aufpassen, versprichst du mir das?* – Sie war kein schönes Kind, ganz verhutzelt und rot. Ich habe ihr die Windeln … also gewaschen habe ich sie nicht, aber im Garten zum Trocknen aufgehängt. Ich habe mein Versprechen dem alten Herrn Cehringer gegenüber gehalten, bis …« Er zog die Nase hoch.

»Was denn?« Toni ließ sich auf den Stuhl daneben sinken.

»Es gab damals eine kleine Hündin im Schloss, ein unscheinbares Tier. Nur einmal habe ich nicht auf Juliane aufgepasst, da war sie drei Jahre alt. Sie hat den Hund am Schwanz gezogen. Der hat sich umgedreht und sie in die Hand gebissen. Wegen dieses Unglücks vor so vielen Jahren darf ich jetzt Wutzel nicht behalten. Fünfzig Jahre bin ich im Schloss! Fünfzig Jahre, und da sagt sie mir …« Er starrte Toni an. »Den Wievielten haben wir heute?«

»Den Wievielten was?«

»Tag – Tag! Welchen Kalendertag?«

»Heute ist der 30. Juli«, antwortete Toni.

»Und am 2. August 1908 bin ich in den Dienst getreten. Übermorgen sind es auf den Tag genau fünfzig Jahre, dass ich dieser Familie diene.«

»Das ist ja ein unglaubliches Jubiläum. Darauf müssen wir anstoßen.« Toni hatte stets eine Flasche Wein in Reichweite. Er öffnete sie und wollte zwei Gläser eingießen.

»Ich darf nicht«, wehrte Johann ab. »Ich kann doch nicht betrunken auf dem Fest erscheinen.«

»Von einem Schluck werden Sie nicht betrunken.«

Johann ließ sich überreden. »Das ist jetzt auch schon egal.« Sie stießen an, er trank mit kräftigem Zug.

»Unter diesen Umständen kann Ihnen Frau Cehringer den Hund auf keinen Fall wegnehmen«, sinnierte Toni. »Überhaupt müssen wir das feiern. Warum veranstalten Sie übermorgen nicht ein kleines Fest im Bergfrieden?«

»Das ist eine gute Idee.« Erfüllt von neuem Lebensgeist, stand Johann auf. »Vielleicht ist mein Jubiläum wirklich die Chance, Wutzel zu behalten.« Er übergab Toni den Strick. »Und Sie können ihn so lange übernehmen?«

»Wenn es nur ein paar Tage sind.« Toni betrachtete das struppige Tier. »Mit Wutzel und Ihnen wird sich noch alles zum Guten wenden, da bin ich überzeugt.« Er klopfte Johann auf die Schulter. »Fünfzig Jahre! Ich gratuliere.«

»Du bleibst hier, Wutzeline. Schön brav sein und keine Katzen jagen.« Johann umarmte die Kleine, wandte sich ab und lief, Tränen in den Augen, zum Auto zurück.

Alexandra beeilte sich, vor ihm dort anzukommen. Johann brauchte nicht zu wissen, dass sie alles mitangehört hatte.

• 13 •

Maracas

Jeder, die zur Crème de la Crème des Südschwarzwaldes gehörte, war erschienen. Die mit dem Geld und die mit den Ländereien, jene mit den Ämtern, deren Entscheidung zählte, andere, die sich für bedeutend hielten, ohne es zu sein. Die lokalen Künstler kamen ebenso wie die überregionalen Kritiker.

In ihrem flaschengrünen, etwas zu jugendlichen Kleid begrüßte Juliane Persönlichkeiten, die sie schon im Vorjahr und die Jahre davor willkommen geheißen hatte. Den Landrat samt Gattin, die Bürgermeister der Umgebung, begleitet von ihren Töchtern, Söhnen und Ehefrauen. Sie begrüßte den bedeutenden Architekten, der das Monument am Feldberg geschaffen hatte, auch den allseits hofierten Bildhauer, der den Schwarzwälder Granit zu seiner Lebensaufgabe machte. Die Opernsängerin aus Freiburg, die Primaballerina aus Basel, den Großbauern, der sämtliche Wiesen auf dem Dachsberg aufgekauft hatte, um seine Rinder dort grasen zu lassen.

Während die Blasmusik eine Melodie des Lokalkomponisten Gustaf Seefried spielte, defilierten Damen und Herren, juwelenbehangene Matronen, schmalzlockige Herzensbrecher, Gattinnen in Schwarzwaldtracht, Alleinstehende in raffinierten Abendkleidern und Fettmöpse im Frack an Juliane vorbei. Die Hausherrin hatte für jeden ein persönliches Wort, selbst für solche, die sie auf den ersten Blick nicht erkannte. »Wie schön – Ich freue mich – Guten Abend – Das Wetter scheint heute mitzuspielen – Amüsieren Sie sich gut.«

»Guten Abend, Otto«, sagte Juliane besonders herzlich zu ihrem wiederentdeckten Liebhaber. Sah er im Frack nicht blendend aus?

Er küsste ihr die Hand. »Wenn ich dich nicht schon kennen würde, Julie, heute Nacht würde ich mein Glück bei dir versuchen.«

»Sei nicht so frech und halte die Leute nicht auf.« Zärtlich winkte sie ihn weiter. »Mein lieber Herr Montegiallo.« Juliane musterte den frisch eingekleideten Fechttrainer. Der Italiener mit dem dunkelbraunen Haar und den sympathischen Gesichtszügen hätte in dieser Verkleidung auch ein erfolgreicher Filmschauspieler sein können. Wie maßgeschneidert saß der Smoking. »Alexandra freut sich über Ihr Kommen.«

»Ich fühle mich geehrt, Frau Cehringer und möchte mich bei Ihnen …«

Für mehr bekam Marcello keine Gelegenheit, da der Freiburger Bischof hinter ihn getreten war.

»Hochwürdigster Herr.« Juliane machte das, was sie für einen angemessenen Knicks vor dem kirchlichen Würdenträger hielt. Während sie mit dem Bischof über die renovierte Marienkapelle plauderte, hielt sie Ausschau nach Bernhard Ginneck. Er war nicht der offizielle Ehrengast des Abends, doch für sie nahm er diese Stellung ein. Wie an den Tagen zuvor machte es Ginneck offenbar Spaß, zu spät zu kommen. Sie waren alle da, nur er glänzte durch Abwesenheit.

Juliane gab das Zeichen. Das Bläserorchester stimmte die Schwarzwaldhymne an, mit der das Fest eröffnet wurde. Als die vertraute Weise erklang, ergab es sich, dass die Gäste links und rechts, sozusagen im Spalier, Aufstellung nahmen. Jene, die sich an den Text erinnerten, sangen die Worte mit.

Wo mein Herz, mein Sehnen ist,
bist du, mein schöner Wald …

Und ausgerechnet jetzt tauchte er auf, Bernhard Ginneck erschien nicht über die Terrasse, sondern durch die Mitteltür des Rittersaales. Salopp sah er aus, zu salopp, fand Juliane. Der Smoking wirkte ausgebeult, als sei er zu lange im Koffer gelegen. Die Schuhe hatten blaue Schnürsenkel und die Fliege –

lieber Gott, mit so einer Fliege ging man doch auf keinen Ball! Sie war getupft. Ginnecks Haar war verstrubbelt, er schien geradewegs aus dem Bett zu kommen. Hatte er den Ballbeginn verschlafen?

Sein Auftritt bewirkte, dass Ginneck wie eine königliche Hoheit im Saal erschien. Zu beiden Seiten die singenden Schwarzwälder, er defilierte in der Mitte hindurch.

Wo die Seele schwebt,
sich der Aar erhebt,
ist das höchste Glück …

Bernhard nickte dem und jenem zu, vielleicht waren es Bekannte aus der Finanzwelt. Vor Juliane blieb er stehen. Eine Verbeugung, Alexandra zollte er ebenfalls Respekt. Sichtlich erfreut schien er aber erst, als er den Fechttrainer entdeckte. Bernhard eilte auf Marcello zu und schüttelte ihm die Hand. Die Hymne endete, die Reihen lösten sich auf, animiertes Geplauder erfüllte den Saal. Einige gingen nach draußen, wo die Buffets aufgebaut waren. Kellner eilten mit Tabletts und Sekt umher.

»Du hast mir verschwiegen, dass du nicht an der Bar arbeitest«, sagte Bernhard erfreut.

»Die Einladung kam in letzter Minute.« Marcello fasste sich in den Hemdkragen, der offenbar zu eng war.

»Schick siehst du aus«, lachte Bernhard.

»Du dagegen kommst mir wie … wie ein überspannter Künstler vor«, erwiderte Marcello.

»Die Fliege, ich weiß. Ich konnte meine Smokingfliege nicht finden. Sag mal: Deutschland – Schweden, war das eigentlich ein faires Spiel?«, wechselte er mühelos das Thema.

»Ein Skandal war es«, ereiferte sich Marcello. »Der Schiedsrichter hat die Schweden eindeutig begünstigt.«

»Aber die Schweden waren über weite Strecken auch besser.«

Die Fußballweltmeisterschaft war bereits einen Monat vorbei, aber das Ergebnis erregte die deutschen Gemüter immer noch. Da die Wettkämpfe in Schweden ausgetragen worden waren, hatten nur Besitzer von Fernsehapparaten sie hier gesehen. Vor Beginn der Spiele war der Kauf von TV-Geräten sprunghaft angestiegen.

Es amüsierte Bernhard, dass der Italiener Montegiallo sich so euphorisch für die deutsche Mannschaft aussprach. »Spätestens beim Spiel um Platz drei hat sich gezeigt, dass Deutschland in keiner guten Verfassung ist«, widersprach er.

»Fritz Walter hatte sich verletzt«, entgegnete Marcello. »Hätte Fritz Walter nicht auf die Bank gemusst, wären die Tore nie gefallen.«

»Aber im Finale hat sich gezeigt, wie stark die

Schweden wirklich sind. Eins zu zwei gegen Brasilien zu verlieren, das soll ihnen erst mal einer nachmachen.«

Fachsimpelnd schlenderten die jungen Männer durch den Rittersaal. Bernhard nahm zwei Gläser von einem Tablett und stieß mit Marcello an. »Was Brasilien betrifft …«

Juliane trat ihnen in den Weg. Dahinter kam Alexandra sichtlich unwillig näher.

»Es ist eine alte Tradition, dass ein Familienmitglied von Schloss Sonnbach einem Gast den Eröffnungstanz anbietet«, lächelte Juliane. »Wir haben Sie dazu erwählt, Bernhard.«

»Ich fühle mich geehrt, bin aber sicher, dass Marcello der weitaus bessere Tänzer ist.«

»Ausflüchte lasse ich nicht gelten«, säuselte Juliane. »Einen langsamen Walzer werden Sie wohl hinkriegen.« Sie gab dem Orchester das Zeichen. Ein voller, kräftiger Ton erfüllte den Saal.

»Wenn Sie darauf bestehen.« Bernhard gab Marcello sein Sektglas. »Darf ich bitten?«

Was jeder im Saal, was auch Juliane und selbst Alexandra erwartet hatte, dass Ginneck die Tochter des Hauses auffordern würde, trat nicht ein. Er verbeugte sich vielmehr vor der Mutter, ging mit Juliane in Tanzhaltung und folgte der Musik. Der Walzer erwies sich als nicht so langsam wie angenommen, und Bernhard entpuppte sich als glänzender Tänzer.

Er drehte Juliane erst nach rechts, dann wirbelte er sie links herum über das jahrhundertealte Parkett.

Wie bestellt und nicht abgeholt, standen Alexandra und Marcello in der Mitte der Tanzfläche.

»Tut mir leid, dass Mutter deine angeregte Konversation mit Bernhard unterbrochen hat.« Alexandra war nicht danach, schnippisch zu sein, aber der Abend drohte genauso schrecklich zu werden wie jeder Tag, seit Ginneck hier war. »Wobei haben wir euch unterbrochen?«

»Bei der Fußball-WM.«

»Richtig, ihr habt euch ja heute stundenlang beim Fußball vergnügt.«

»Warum hast du nicht mitgespielt? Das hat Spaß gemacht.«

»Ich konnte mich beherrschen.«

Marcello schien es nichts auszumachen, auf der Tanzfläche zu stehen, Alexandra hätte sich am liebsten irgendwo verkrochen. Da stand sie, in ihrem reizenden veilchenfarbenen Kleid, sah ihrer Mutter beim Tanzen zu und war gezwungen, mit ihrem Fechttrainer über Fußball zu reden. »Fällt dir irgendein anderes Thema ein als Ginneck und die Weltmeisterschaft?«

»Wieso, magst du ihn nicht?«

»Er ist mir gleichgültig.« Alexandra wollte auf die Terrasse, doch in diesem Moment tanzten Bernhard und Juliane dicht an ihr vorbei.

Das nahm die Mutter zum Anlass, stehen zu bleiben. »Mit unserem Eröffnungstanz haben wir den anderen ein gutes Beispiel gegeben«, sagte sie, ein wenig außer Atem.

»Wollen Sie schon aufhören?«, fragte er enttäuscht. Das Haar hing ihm in die Stirn, im Übrigen war er bester Laune.

»Tanzen schickt sich mehr für junge Leute.« Juliane lächelte in Richtung Alexandras.

Bernhard schien den Wink nicht zu verstehen. »Haben Sie auch so Durst wie ich?« Er zeigte auf einen vorbeieilenden Kellner. »Ich muss jetzt unbedingt was trinken. Was darf ich Ihnen bringen?« Schon machte er sich auf den Weg.

»Aber der Kellner kann doch zu uns kommen …«, rief Juliane ihm nach und warf ihrer Tochter einen bedauernden Blick zu.

Dieser Blick war schlimmer als alles andere. Musste sie sich das Mitleid ihrer Mutter gefallen lassen, weil Alexandra *stehen gelassen* worden war? Brüsk trat sie vor Marcello. »Du darfst mich jetzt zum Tanzen auffordern.«

Das Orchester wechselte zum Foxtrott.

»Einverstanden.«

»Nicht hier«, sagte sie mit grimmigem Blick. »Drüben spielen die *Wolpadinger.* Dort gehen wir hin.«

Marcello folgte ihr zum Ausgang.

Bernhard kam mit zwei Gläsern Weißwein zurück und sah in die Runde. »Wo ist denn Marcello?«

»Er tanzt mit Alexandra.«

»Ah, er tanzt.« Er bot Juliane seinen Arm. »Wollen wir uns setzen?«

»Ich kann leider nicht. Ich muss mich um meine Gäste kümmern. Warum begleiten Sie mich nicht in den Spiegelsaal?«

»Was ist im Spiegelsaal?«

»Dort spielen die *Wolpadinger*. Das wird Ihnen gefallen.« Mit entschlossenem Ruck zog Juliane Ginneck in die Richtung, in die auch Alexandra verschwunden war.

Sie und der Fechtlehrer tanzten. Ach, wie sie tanzten! Als hätten Alexandra und Marcello seit Jahren nichts anderes getan, schmiegten sie sich aneinander. Wie raffiniert er sie im Arm hielt, wie geschickt er sie zum Swing der *Wolpadinger* drehte, wie er den Arm auf ihren nackten Rücken legte, sie den Kopf an seine Schulter lehnte. Ihre Hände spielten miteinander. Als die Combo zur Rumba wechselte, flossen die beiden in den sinnlichen Rhythmus hinüber. Marcello leitete eine Figur ein, und Alexandra folgte ihm mühelos.

»Ein schönes Paar«, raunte Juliane Ginneck zu, der am Rand des Spiegelsaales stehen geblieben war.

»So etwas kann nur ein Italiener.« Bewundernd verfolgte er, wie sich die beiden selbstvergessen der

Musik hingaben. Sie schienen den Klängen nicht zu folgen, sondern sie durch ihren Tanz erst auszulösen. »Absolut perfekt«, murmelte Bernhard und stellte sein Glas auf eine Wandkonsole. »Sie entschuldigen mich, gnädige Frau.«

Julianes Miene hellte sich auf, als Ginneck losmarschierte, sich zwischen den Tanzenden hindurchschlängelte und auf Alexandra zusteuerte. Erwartungsvoll beobachtete die Mutter, wie ihr Plan endlich aufzugehen schien.

Auch Alexandra sah Bernhard kommen. Sie war darüber nicht so begeistert wie ihre Mutter, empfand aber leichte Genugtuung. Ihr Tanz hatte seinen Ehrgeiz geweckt. Ob er auch so geschmeidig war wie Marcello? Gleich würde Bernhard sie auffordern. Gleich – Sie wandte den Kopf.

Er kam heran, lächelte ihnen zu und ging weiter. Was wollte Bernhard von den *Wolpadingern?* Während noch die Rumba spielte, sprach er mit dem Bandleader. Der schien überrascht, aber auch amüsiert und wandte sich an den Musiker, der die Rhythmusinstrumente spielte. Jener schien nicht gleich zu verstehen, was von ihm erwartet wurde, trat schließlich aber beiseite. Mit glücklichem Ausdruck betrachtete Bernhard das musikalische Schlaraffenland vor sich. Da gab es Bongos, Congas, Pandeiros, eine Metalltrommel, Klanghölzer, Schüttelrohre und Maracas. Woher sollte ein Geschäftsmann wie Ginneck, ein Finanzjongleur wissen, wie man sie bediente? Er wusste es! Beim Himmel, Bernhard wusste es. Schwungvoll trommelte er auf den Bongos, schüttelte die Maraca und strich schmeichelnd die Cucharida entlang. Die übrige Band drehte sich zu ihm um und warf dem Amateur anerkennende Blicke zu.

Auf der Tanzfläche hatten die meisten den Wechsel nicht einmal bemerkt. Nur ein Paar war stehen geblieben. Marcello sah belustigt zu seinem neuen Freund empor, der in die Musik vertieft war, zwischendurch sein Sakko auszog und weitertrommelte.

»Was für ein Kerl«, lachte Marcello. »Wer hätte das gedacht?«

Alexandra wurde zu Eis. Die Hitze der Bewegung, die sie mit Marcello genossen hatte, verwandelte sich in klirrende Kälte. Brennendes Eis, nie gekannte Wut, Hass auf den Mann, der sie wieder und wieder demütigte. Sie ließ Marcello stehen und rannte los. Rempelte Tanzende an, stürzte selbst beinahe, kam auch an ihrer Mutter vorbei, die ihr in den Weg trat.

Juliane überspielte ihre Enttäuschung. »Wenn er schon mal etwas streicheln will, muss es ausgerechnet eine Trommel sein?« Das Lachen blieb ihr im Hals stecken, als Alexandra mit verzerrtem Gesicht an ihr vorbeihastete. So hatte sie ihr Kind noch nie gesehen. Sie winkte Marcello. Er kam, so schnell er konnte.

»Kümmere dich um sie«, rief Juliane. »Beruhige sie.«

»Ich verstehe nicht, was sie hat. Liegt es an mir? Habe ich etwas Falsches getan?«

»Du nicht. – Geh schon. Schau, was sie macht. Beeil dich!«, rief ihm Juliane nach.

• 14 •

Fata Morgana

Als Marcello ins Freie kam, sah er noch, wie der grüne Borgward in die Nacht davonbrauste. Er winkte, schrie Alexandra hinterher, sie hörte ihn nicht. Hektisch sah er sich um. Säuberlich geparkt stand die Benz-Flotte auf dem Kies. Im Mercedes-Land fuhr praktisch niemand etwas anderes als die Automarke mit dem Stern. Weiter hinten entdeckte Marcello ein Gefährt, das leichter zu bedienen schien. Er stieg auf das Moped, öffnete die Benzinleitung, schaltete in den Leerlauf und betätigte den Kickstarter. Es brauchte zwei, drei Versuche. Der Scheinwerfer flammte auf, Marcello legte den Gang ein.

Auf den ersten Metern schlingerte er noch, dann hatte er die Maschine im Griff. Er folgte Alexandra in den Wald. Vom Schloss aus gab es nur diese eine Straße ins Tal. Verfehlen würde er sie nicht, doch ihm kamen Zweifel, ob er sie einzuholen vermochte. Selbst bergab erreichte das Zweirad keine besondere

Geschwindigkeit. In den Kurven musste er bremsen, um auf dem Schotterweg nicht zu stürzen. Wann ließen die Cehringers ihre Straße endlich asphaltieren?

Sie musste einen großen Vorsprung haben, denn er entdeckte unter sich kein Licht im Wald. Als er schon überlegte umzukehren, sah er in der Tiefe einen schwachen Schimmer. Das Auto hatte wohl gehalten. Noch diese Kurve und die nächste, bis Marcello begriff, dass er sich einer Unfallstelle näherte. Der Borgward hing im Graben fest, und damit hatte seine Fahrerin noch Glück gehabt. Die Schnauze war auf einen Stein geprallt. Hätte der Schwarzwaldfelsen den Wagen nicht aufgehalten, Alexandra wäre über den steilen Abhang in die Tiefe gestürzt.

Marcelo sprang ab, warf das Moped mit laufendem Motor hin und rannte an den Straßenrand. »Alexandra, bist … du … Hast du dir etwas getan?«

Sie war bei Bewusstsein. Unter Schock saß sie da, die Hände umkrampften noch das Lenkrad.

»Xandi!« Marcello riss die Tür auf.

Sie wandte den Blick, sah ihn staunend an. »Marcello, wo kommst du denn her?«

»Ich bin dir nachgefahren.«

»Womit?«, fragte sie, als käme es darauf jetzt an.

»Kannst du aussteigen?« Vorsichtig berührte er ihre Schulter.

»Warum soll ich nicht aussteigen können?«

»Weil du …« Trotz der schwachen Innenbeleuchtung sah er, sie war kreidebleich. »Ganz vorsichtig –«

»Marcello«, flüsterte sie. »Du bist mir nachgefahren.«

»Ich konnte dich doch nicht allein in der Nacht …«

»Warum bist du mir nachgefahren?«

»Weil du … viel zu kalt angezogen bist«, flunkerte er.

»Wir haben Sommer.« Sie kletterte aus dem Borgward.

»Wir sind im Schwarzwald.« Er stützte sie.

»Sommer im Schwarzwald –« Ihre Knie gaben nach.

Marcello fing sie auf und hob sie hoch. »Du gestattest?« Er hob sie auf die Arme.

»Willst du mich bis zum Schloss hochtragen?«, fragte sie verwundert.

»Ich setze dich erst mal dorthin.« Er trug sie zur Böschung und setzte sie ins Heidelbeerkraut, das an der Straße üppig wuchs. Danach stellte er das Zweirad auf und schaltete den Motor ab.

»Wem gehört das Moped?«, fragte sie.

»Keine Ahnung. Aber wir kommen damit nach Hause.« Er zog das Smokingjackett aus und legte es ihr um die Schultern. »Willst du noch ein bisschen sitzen bleiben?«

»Ich weiß nicht.«

»Bist du sicher, dass du nicht verletzt bist?«

»Ich weiß nicht.«

»Wir sollten dich besser zu einem Arzt bringen. Aber um diese Zeit –«

»Mir fehlt nichts.« Ihre Lebensgeister erwachten langsam. »Außerdem, oben auf dem Fest sind bestimmt ein Dutzend Ärzte anwesend.«

Marcello setzte sich neben sie. Er spürte die Kälte, den Wind, auch die Einsamkeit der Waldstraße. Ein Blick zum Borgward. Die Lichter brannten noch. Er wollte aufstehen.

»Geh nicht.«

»Ich muss das Licht ausschalten. Die Batterie …«

»Bleib noch kurz.«

Er setzte sich. Sah sie an.

Sie bemerkte seinen Blick. »Was ist?« Er lächelte. »Was schaust du so?«

»Das hätte schiefgehen können, Xandi.«

»Lass uns nicht darüber reden. Hör auf, mich so anzusehen.«

»Ich kann nicht anders«, erwiderte er zart. »Dieser Abend ist … wie eine Fata Morgana.«

»So etwas habe ich noch nie gesehen.«

»Ich bin in der Ebene groß geworden. Dort sieht man häufig solche Luftspiegelungen.« Marcello unterbrach sich. Sollte er nicht praktisch handeln und Alexandra auf das Moped helfen? Noch nicht gleich. »Einmal bin ich mit dem Fahrrad durch die sommerliche Landschaft gefahren. Plötzlich schimmerte eine Stadt vor mir in der Sonne. Türme und Kirchen und Häuser lagen direkt vor mir, zum Greifen nah und so wirklich, dass ich sie hätte beschwören können. Zugleich war es jenseits meiner Vorstellungskraft, mit Farben und Formen, wie ich sie nie gesehen hatte. Ein Traum hatte das alles herbeigeweht, voller Wunder – und ich bin darauf zugestürzt, habe auch geglaubt, immer näher zu kommen, näher und näher … und plötzlich war es fort.«

»Die ganze Stadt?«

»Die Stadt und alles, was ich gesehen habe.« Mit der Hand strich er über das Heidelbeergras. »Es war so verloren wie das Paradies. Ich werde es nie wiederfinden.«

»Nie wieder?«

Sie sahen einander in die Augen.

Er nahm ihr Gesicht in beide Hände. »Wenn man so eine Fata Morgana sieht, hat man Angst, den Kopf zu wenden. Man wagt kaum noch zu atmen.«

»Das ist schön«, flüsterte sie.

»Alexandra –« Er näherte seine Lippen ihrem Mund. Marcello küsste sie, lange, zärtlich, hingebungsvoll.

»Schön ist das.« Sie öffnete die Augen. »Noch einmal.«

Er erfüllte ihren Wunsch nur zu gern.

Außer Atem, sah sie ihn an. Ein Schatten legte sich auf ihr Gesicht. »Müssen wir nicht zurück?«

Er wurde sich seiner Pflichten bewusst. »Ja. Lass uns zurückfahren.«

Gemeinsam standen sie auf.

»Und Mutters Auto?«

»Es hat nicht allzu viel abgekriegt. Der Traktor wird es morgen aus dem Graben ziehen.«

»Das ist eine gute Idee.«

Er löschte im Borgward die Lichter, stieg als Erster auf das Moped und half Alexandra mit den Trittbrettern.

»Halt dich fest.«

Sie umarmte ihn und legte ihren Kopf an seine Schulter.

••••

»Wo sind die beiden denn so lange?« Juliane stand mit Tante Leonie auf der Terrasse. »Wieso ist Alexandra in dem dünnen Kleid überhaupt draußen? Es wird kühl.«

»Ich bin überzeugt, dass ihr trotzdem nicht kalt wird«, entgegnete Leonie gewitzt. »Marcello ist ja bei ihr.«

»Rede nicht so frivol.« Juliane wollte zur Treppe. »Ich muss sie suchen.«

Die Tante hielt sie fest. »Jetzt auf einmal? Du musstest ja alles auf ein Pferd setzen. Jetzt lass es auch laufen.«

Juliane sank in einen Korbstuhl. »Diese Aufregung – ich fürchte, mir wird übel.«

»Übel werden kann dir später«, gab Leonie zurück. »Das ganze Haus ist voller Leute.«

»Nicht einmal schlecht werden darf einem«, seufzte Juliane. »Wo treibt sich Alexandra nur herum? Und wo ist Marcello, dieser schamlose Casanova?«

»Dem bietet sich heute Nacht eine einmalige Chance. Und ich nehme an, er nützt sie ausgiebig.«

Aus schockierten Augen sah Juliane sie an. »Mal den Teufel nicht an die Wand. Alexandra sollte sich um Bernhard kümmern. Wo ist der eigentlich geblieben?«

»Ich nehme an, er amüsiert sich mit seinen Trommeln. Ein leidenschaftlicher Musiker.« Leonie zupfte an ihrem mitternachtsblauen Spitzenkleid.

Juliane musste aufstoßen. »Könntest du mir eine von deinen Pastillen besorgen?«

»Du meinst – *Rennie räumt den Magen auf?*«, kicherte Leonie.

»Es geht mir bestimmt gleich besser, wenn ich deine albernen Bemerkungen nicht mehr hören muss.«

Zusammen nahmen sie die Treppe in den Privattrakt. Weder Tante noch Nichte bemerkten das Motorrad, dass sich den Berg hochquälte und schließlich auf dem Parkplatz hielt.

Als Alexandra abstieg, schlotterte sie vor Kälte. »Ich muss hinein.«

»Noch nicht.«

»Mir ist kalt.«

»Du hast mein Sakko an.«

»Richtig.« Sie zog es aus. »Ist dir nicht kalt?«

»Nicht in deiner Gegenwart.«

»Hör auf mit dem Unsinn.«

Er hielt sie fest. »Ist es wirklich so ein Unsinn?«

Sie versuchte nicht, sich von ihm zu lösen. »Es war nur ein Kuss, Marcello«, sagte sie, ihrem eigenen Gefühl zum Trotz. »Du sollst in einen Kuss nicht zu viel hineindeuten.«

»Ich hätte nie gedacht, dass meine Fata Morgana Wirklichkeit werden kann, Alexandra.«

»So kenne ich dich gar nicht.« Sie strich über seine Wange. »Du benimmst dich wie ein Jüngling aus dem 19. Jahrhundert.«

»Ich bin aber kein Jüngling mehr, sondern ein Mann. Und ich bin Italiener.« Er zog sie an sich.

»Das entschuldigt nicht alles.«

»Tag für Tag sehen wir uns beim Training. Du hast mich immer kühl angesehen und dich nur für meine Anweisungen interessiert. Was weißt du denn von mir? Weißt du, dass in mir ein Feuer brennt? Hast du eine Ahnung, wie schwer es ist, dieses Feuer Tag für Tag zu ersticken?«

Plötzlich wandte sich Alexandra ab. »Ich habe das nicht gewollt«, flüsterte sie. »Marcello, ich wollte das wirklich nicht.«

»Es gibt Dinge, gegen die man sich nicht wehren kann«, rief er glücklich lächelnd.

»Das meine ich nicht. Es ist ganz und gar nicht das, was du vermutest.«

Er bedeckte ihr Gesicht mit Küssen. »Alexandra!«

»Hör auf!« Ihr Atem ging schnell. »Ich muss es dir jetzt sagen, Marcello – ich muss einfach! Ich verliere sonst jeden Respekt vor mir.« Sie stieß ihn von sich. »Du dienst unserer Familie. Aber ich diene ihr auch. Um Schloss Sonnbach steht es nicht besonders gut. Daher hat meine Mutter Angst.«

»Wovor?«

»Bernhard Ginneck ist nicht zum ersten Mal hier. Als er uns vor drei Jahren besucht hat, sind er und ich … Wir sind uns nähergekommen. Bernhard hat mit mir geflirtet. Es hat mir auch ein bisschen gefallen, das gebe ich ja zu, aber …« Sie sah ihn an und erkannte in Marcellos Augen die Ernüchterung. »Mein Gott, ich war achtzehn. Ich wusste überhaupt nicht, wie man darauf reagiert. Irgendwann ist mir Bernhard auf die Nerven gegangen mit seinen Blumen und den romantischen Spaziergängen im Park.« Sie stampfte auf. »Ich wollte eben nicht! Und ich will auch jetzt nicht.«

»Du willst was nicht?«

»Meine Mutter macht sich Sorgen, weil ich Bernhard vor drei Jahren einen Korb gegeben habe.«

»Weshalb sollte sie sich da Sorgen machen?« Nun fröstelte er doch in dem dünnen Hemd.

»Sie nimmt an, dass Bernhard gekommen sein könnte, um sich zu rächen. Mutter fürchtet, er könnte unsere wirtschaftliche Situation ausnützen, um Sonnbach in seinen Besitz zu bringen.«

Impulsiv warf Marcello die Arme in die Luft. »Aber was hat das alles mit uns zu tun – und mit dieser Nacht?«

»Mutters Befürchtungen stimmen. Bernhard hat das Sägewerk inspiziert und die Wälder, er kann sich also ausrechnen, wie es um uns steht. Mutter war daher der Meinung …« Alexandra ging auf dem Parkplatz in die Hocke und umfasste ihre Schultern. »Es ist mir so peinlich, Marcello. – Mutter meinte, wenn ich nett zu Bernhard wäre, wenn er sich wieder für mich erwärmt, könnte er seine Übernahmepläne vielleicht vergessen.«

Marcello schüttelte den Kopf. »Aber Bernhard ist doch ein ganz umgänglicher Typ. Mit dem braucht man nicht solche Spielchen zu spielen«, entgegnete er verständnislos.

»Täusch dich nicht in ihm.« Sie kam hoch. »So harmlos er auch wirkt, er hat in wenigen Jahren ein Vermögen gemacht, indem er marode Unternehmen unter Wert kauft, saniert und mit Gewinn wieder abstößt.«

»Sonnbach ist doch keine Fabrik! Es ist das Juwel

der Gegend, und es wäre nichts ohne die Familie Cehringer. Deine Mutter sieht Gespenster. Bernhard will sich nur erholen und Fußball spielen. Nichts könnte harmloser sein.« Er umarmte sie wieder. »Muss unser Abend denn so enden?« Zärtlich sah er sie an. »Ich bin verrückt nach dir und das schon lange Zeit. Heute hast du mir zum ersten Mal gezeigt, dass auch du …«

»Lass mich!« Sie sprang zurück. »Du hast es immer noch nicht begriffen. Bernhard beachtet mich doch überhaupt nicht! Entweder er rennt dem Fußball hinterher oder treibt sich im Wald herum. Heute ist sein letzter Abend, und morgen reist er ab. Aber statt einmal mit mir zu tanzen, klopft er auf diesen verdammten Trommeln herum.«

»Es sind Bongos«, entgegnete Marcello.

»Ich muss es dir jetzt sagen.« Alexandra atmete tief durch. »Meine Mutter ist in der Wahl ihrer Mittel nicht zimperlich. Da sie sich anders nicht mehr zu helfen wusste, hatte sie die Idee, das Blatt zu wenden, wenn irgendjemand anders … ein anderer Mann auftreten würde. Sie hat gehofft, das könnte die gewünschte Wirkung auf Bernhard haben. Nur deshalb habe ich dich heute Abend eingeladen. Ich … ich schäme mich so.«

Ängstlich beobachtete sie, wie Marcello Schritt für Schritt zurückwich. Sein Gesicht war hart geworden. Zugleich sah er aus, als wäre er geschlagen worden, als könne er kaum glauben, das Offensichtliche nicht begriffen zu haben und auf seinen eigenen Traum, seine Hoffnung hereingefallen zu sein. Wie hatte er das Kalkül dieser Familie nicht durchschauen können? Wie naiv von ihm zu glauben, eine Cehringer könnte an einem eingewanderten Italiener Interesse finden oder gar Gefühle für ihn entdecken?

Sein Schweigen war für Alexandra das Schlimmste. Sie lief zu ihm. »Nie im Leben habe ich einen Menschen verletzt, jedenfalls nicht wissentlich. Glaubst du mir das, Marcello?« Sie fasste ihn an den Schultern. »Gerade dich wollte ich zu allerletzt verletzen. Was denkst du denn, warum ich immer so kühl und schnippisch zu dir war? Weil ich es doch gespürt habe, dass du in meiner Anwesenheit nicht ungezwungen bist.« Sie schüttelte ihn. »Es tut mir entsetzlich leid, Marcello. Ich will meiner Mutter nicht die Schuld geben, aber die Wahrheit ist: Noch nie habe ich den Mut gehabt, mich gegen sie aufzulehnen. Sie ist Witwe und trägt die Verantwortung für das Schloss auf ihren Schultern. Ich muss sie unterstützen.« Die Tränen schossen ihr in die Augen. »Aber nicht so! Nicht auf diese Weise.« Alexandra weinte. »Wenn ich vorher gewusst hätte, was meine Tat bedeutet … geahnt hätte, wie du mich anschauen, wie du mich umarmen und küssen würdest, dann … dann … Ich kann dich nicht einmal bitten, mir zu verzeihen.« Sie hielt inne. »Spricht es nicht wenigstens für mich, dass ich es dir gestanden habe? – Antworte bitte. Sag irgendetwas!«

Mit ernstem Lächeln löste er ihre Hände von seinen Schultern. »Du hast nur getan, was man dir aufgetragen hat. Kann ich jetzt meine Jacke wiederhaben?«

Sie gab sie ihm.

Er starrte das Smokingjackett an. »Das ist nicht mal mein eigenes. Es ist geliehen. Das Ganze war nur eine Schwarzwälder Maskerade – und weiter nichts.« Er machte eine Verbeugung vor seiner Dienstherrin. »Darf ich gehen? Ich habe meine Schuldigkeit für diese Nacht ja wohl getan.«

»Ich verstehe, dass du böse auf mich bist und mir Vorwürfe machst.«

»Warum sollte ich? Wir alle haben unseren Platz im Ablauf der Dinge, auch ich.« Er wandte sich ab.

Sie lief ihm nach. »Habe ich dich wirklich so sehr verletzt?«

»Aber nein. Es war nur ein Klaps, wie man ihn einem Hund gibt.«

»Ich habe große Achtung vor dir, vor deinem Können, deiner Freundlichkeit und … eben vor dir, Marcello. Kannst du mir denn nicht verzeihen?«

»Nein, Fräulein Alexandra.«

Sie ertrug seine Verachtung nicht.

Alexandra rannte los, die Treppe hoch und auf

kürzestem Weg ins Schloss zurück. Sie riss die Gartentür auf und lief in den kleinen Salon.

»Rase doch nicht vorbei wie ein Expresszug«, sagte eine Stimme.

Dort saß Bernhard Ginneck in Hemdsärmeln, vor sich eine Flasche Birnenschnaps, in der Hand ein Gläschen. »Deine Mutter hat dich vermisst. Um ehrlich zu sein, ich habe dich auch vermisst.« Er stand auf.

»Wirklich? Konntest du dich zu guter Letzt doch von deinen Trommeln losreißen?«, entgegnete sie frostig.

»Genau genommen sind es Bongos.«

»Wie schön, dass es etwas gibt, womit wir dich auf dem Fest unterhalten konnten.«

Er wollte etwas erwidern, doch in diesem Moment stürzte Marcello herein.

»Alexandra!« Als er Ginneck sah, blieb er abrupt stehen. »Verzeihung, ich wusste nicht …«

Bernhard seufzte. »Und da ist natürlich auch unser italienischer Fechtmeister.« Er griff zum Schnapsglas und prostete Alexandra zu. »Was habt ihr denn getrieben da draußen?«

• 15 •

Vor drei Jahren

Es ging auf Mitternacht zu. Während im Schloss das Fest seinem Höhepunkt zustrebte, waren in der Talsenke bereits die Lichter erloschen. Natürlich gab es im Bergfrieden elektrischen Strom, doch Toni zündete, wenn es dunkel wurde, die Petroleumlampe an, saß am großen Tisch im Wirtsraum, war sein einziger Gast und trank. Auch wenn er dem Bergfrieden damit keinen Umsatz verschaffte, verlieh Toni seiner Überzeugung Ausdruck, dass in einem Gasthaus getrunken werden sollte.

Er hätte nicht von sich behauptet, einsam zu sein, aber doch oft allein. Der Wein und der Schnaps gaben den Stunden und Tagen keinen Sinn, doch zumindest Weichheit und eine angenehme Trägheit, während die Jahreszeiten vorüberstrichen. Betrunken, wie er täglich war, kannte Toni keine Langeweile. Manchmal spielte er mit den Katzen und seit heute Nachmittag mit dem Hund des alten Johann. Der befürchtete Streit zwischen Hund und Katze war ausgeblieben. Seine Katzendamen waren zu alt, um an Konflikten noch interessiert zu sein. Und Wutzel hielt gebührenden Abstand zu ihren Fressnäpfen.

Mitunter hatte der Wind Klangfetzen aus dem Schloss herabgeweht, ein musikalisches Motiv, das Lachen vieler Menschen, Motorengeräusche. Toni fühlte keine Sehnsucht, dabei zu sein. Ein Leben von Mensch zu Mensch zu führen, hatte er seit Jahren aufgegeben. Um ihn war die Natur, er hatte seinen Frieden und Platz, so viel er wollte, Zeit, so viel er wollte, was brauchte der Mensch mehr? Und doch sank Tonis Kopf traurig auf seine Brust. Tief drinnen konnte er nicht verleugnen, wie verflucht einsam er war, wie verloren im Getriebe der Welt, in der der Mensch den Menschen suchte, mit ihm lachte, träumte, trauerte. Toni wollte von sich glauben, dass er das nicht brauchte – warum trank er sich dann immer tiefer in einen Zustand hinein, der kein Rausch mehr war, sondern die blanke Ohnmacht?

Sein Kopf sank tiefer und zog den Oberkörper mit, bis Toni auf die Tischplatte fiel, hart aufschlug und nichts mehr spürte. Nichts mehr wollte, nichts mehr mitbekam. Der Ruck, als sein Schädel den Tisch berührte, brachte das Petroleumflämmchen in der Lampe zum Erlöschen, doch im Spiritus schwelte der heiße Docht weiter. Die Lampe brannte nicht, sie rauchte. Obwohl Sommer war, hatte Toni Fenster und Türen geschlossen. Der Rauch konnte nicht abziehen, stieg zur Decke, breitete sich dort aus und sank, kalt geworden, wieder herab. Schwarzer Ruß hüllte den bewusstlosen Toni ein. Der Rauch sog den Sauerstoff aus der Luft und verwandelte ihn in Kohlenmonoxid. Die Katzen rochen die Gefahr, maunzten und wollten durch das Schlupfloch in der Tür ins Freie. Ausgerechnet dort hatte Toni eine leere Weinkiste abgestellt. Der Fluchtweg war blockiert. Die Katzen zogen sich in Tonis Schlafzimmer zurück.

Wutzel dagegen bellte. Der Hund sprang auf die Bank, bellte zu Toni hoch, stieß ihn mit der Schnauze an und bellte weiter, bis der Instinkt ihm sagte, dass die Lage bedrohlich wurde. Wutzel konnte nicht auf Tonis Hilfe rechnen. Das Tier war genauso in dem Raum eingesperrt wie der Mensch. Wutzel rannte in den Flur, an dessen Ende die Toilette lag. Er sprang an der Klinke hoch, nach mehreren Versuchen ging die Tür auf. Das Fenster über dem Spülkasten war geöffnet. Achtmal versuchte Wutzel hinaufzukommen und fiel zu Boden, bis seine Vorderpfoten sich am Fensterstock festkrallten und die Hinterbeine so lange an der Wand schabten, bis er oben war. Beim Sprung ins Freie überschlug er sich, kam auf dem Rücken zu liegen, drehte sich blitzschnell herum, umkreiste das Haus und versuchte an der Vordertür sein Glück. Er scheiterte am Schloss. Drinnen blieb es dunkel. Toni lag auf dem Tisch und atmete das tödliche Gas ein. Wutzel kläffte und kläffte. Nachdem sich der Hund müde gebellt hatte, ohne Toni wach zu bekommen, rannte er den Weg hoch, der sich erst in den Wald hineinzog und schließlich auf die Straße mündete, die nirgendwohin führte als nach Schloss Sonnbach.

••••

»Nun – da sind wir ja alle wieder beisammen – wie schön.« Juliane betrat den kleinen Salon und brachte Tante Leonie als Schützenhilfe mit.

Die Situation wirkte angespannt. Dort saß der hemdsärmelige Bernhard, vor sich eine Flasche, deren Inhalt er dezimiert hatte. In der Mitte stand Alexandra mit leuchtenden Wangen und aufgelöstem Haar, ihr gegenüber der Heißsporn, dessen glühende Augen mehr verrieten, als Juliane lieb war.

»Gerade habe ich Alexandra gesagt, dass sie viel lebhafter aussieht, seit sie mit Marcello *Studien im Freien* betrieben hat«, sagte Bernhard.

»Wo seid ihr denn so lange gewesen?«, erkundigte sich die Mutter.

»Wir haben eine Mondscheinpartie gemacht«, erwiderte Alexandra provokant.

Bernhard schenkte sich nach. »Hast du Marcello zum Weiher mitgenommen? Konntest du ihn dazu bringen, mit dir schwimmen zu gehen?«

»Wir waren mit dem Motorrad unterwegs«, gab sie zurück.

»Motorradfahren kann er also auch?« Bernhard lächelte, ohne Marcello anzusehen. »Seine Talente gehen in so viele Richtungen.«

»Mutter, dein Auto ist übrigens …«, begann Alexandra.

»Das interessiert mich im Moment nicht.« Juliane trat auf Bernhard zu. »Ich finde es schön, dass wir endlich unter uns sind.«

»In der Tat. Besonders da einige von uns gerade von einem Ausflug zum Mond zurückzukehren scheinen.« Er wies auf den Birnenschnaps. »Möchtest du auch?«

»Lieber nicht.«

»Hast du dich inzwischen ausgeruht?«, fragte Alexandra. »Auf die Trommeln zu hauen ist ja eine ziemlich anstrengende Tätigkeit.«

»Alexandra!«, rief Juliane.

»Es waren Bongos«, gab Ginneck geduldig zurück.

»Ich möchte jetzt Tokaier servieren lassen«, schlug Juliane vor. »Und ein kleines Mitternachtsdinner, damit wir eine Unterlage haben, um auf das Fest zurückzukehren.«

Bernhard hielt sein leeres Glas vor die Augen. »Eine *Unterlage* könnte ich gebrauchen.«

Mit Seitenblick zu Marcello sagte Juliane: »Wir essen am besten im Familienkreis.« Sie drückte die

Klingel neben der Tür. Da Marcello den Wink ignorierte, fügte sie hinzu: »Wir halten Sie bestimmt von etwas ab, Herr Montegiallo. Das sollten wir nicht tun.«

Als der Kellner mit den Weingläsern eintrat, lief Marcello auf ihn zu.

»Ich kann Ihnen etwas zu essen auf Ihr Zimmer bringen lassen«, versuchte Juliane es ein zweites Mal.

»Ich bin nicht hungrig.« Er griff sich ein Glas.

»Wahrscheinlich wollen Sie lieber ins Bett gehen«, schaltete sich Tante Leonie ein. »Sie stehen ja meistens früh auf.«

»Ins Bett? Ich bin gerade erst aufgewacht«, lachte er. »Vor kaum fünf Minuten!«

Während sich Juliane ebenfalls beim Wein bediente, raunte sie der Tante zu: »Die zwei da draußen auf dem Motorrad? Da muss etwas passiert sein.«

Marcello erhob sein Glas. »Einen Toast: Ich trinke auf die wunderschöne Tochter des Hauses!«

Juliane fuhr ihm in die Parade. »Wenn Sie sich nicht wohlfühlen, können wir Sie sicher entschuldigen, Herr Montegiallo.«

»Ich fühle mich großartig.«

Weitere Kellner rollten einen Serviertisch mit kalten Platten herein.

»Bernhard, Sie müssen unbedingt von den Lachsschnittchen probieren«, versuchte Juliane die Lage zu entschärfen. »Darauf muss ich bestehen.«

Marcello trank sein Glas in einem Zug leer.

»Was für ein gesunder, kräftiger Schluck«, kommentierte Bernhard und trank ein weiteres Gläschen von dem Hochprozentigen.

Keiner hatte bemerkt, dass zusammen mit den Kellnern auch Otto Türkheim hereingekommen war. Er trat hinter den Fechttrainer.

»Lieber Freund, das ist ein schwerer Tokaier«, machte er sich bemerkbar. »Den sollte man nicht so hinunterstürzen. An dem sollte man nur nippen.«

»Otto, wie schön, dass du kommst«, begrüßte Juliane ihn.

»Ich muss Ihnen etwas gestehen, Herr Türkheim«, antwortete Marcello. »Ich bin Wein überhaupt nicht gewöhnt.«

»Obwohl du Italiener bist?«, fragte Alexandra zärtlich.

»Erstaunlich, nicht wahr?« Er erwiderte ihren Blick.

Spontan nahm sie ebenfalls ein Glas und stürzte den Tokaier hinunter, ohne abzusetzen. Die Augen aller Anwesenden wurden größer und größer.

»Das war nicht klug von dir, Xandi«, sagte Türkheim. »Ich habe gerade erklärt …«

»Offenbar fühlt sich Alexandra einmal wieder verpflichtet, ihrem mondsüchtigen Fechtlehrer Gesellschaft zu leisten«, stieß Bernhard mit leichtem Zungenschlag aus.

»Ich möchte einen weiteren Toast ausbringen!« Marcello trat in die Zimmermitte.

»Auf wen? Auf dich selbst?«, gab Bernhard zurück.

»Auf die Menschen, die diesem Schloss dienen und dabei weitgehend unbeachtet bleiben!«

»Ich kann Ihnen versichern, dass Sie heute gewiss nicht unbeachtet geblieben sind, Herr Montegiallo«, giftete Juliane.

»Warum nehmen Sie denn kein Lachsschnittchen?«, fragte Leonie.

Marcello ließ sich nicht beirren. »Frauen können uns zerstören, indem Sie uns unbeachtet lassen«, sagte er leise. »Frauen zerstören uns mit einem einzigen Satz.«

Darauf schwiegen alle.

Marcello stellte das leere Glas ab. »Gefällt dir nicht, was ich sage, Alexandra?«

»Vielleicht gefällt es mir sogar zu gut.« Sie sank auf die Chaiselongue. »Ist das schlimm?«

Mit einem Mal schien Bernhard vollkommen nüchtern zu werden. Sein Blick ging zwischen beiden hin und her.

»Und wie steht es mit Ihnen, Frau Cehringer?«, rief Marcello. »Sie sind die Erfinderin dieses außergewöhnlichen Zusammentreffens. Was meinen Sie, wie sich der Abend noch entwickeln wird?«

»Ich …« Vorwurfsvoll sah sie ihre Tochter an, die den Plan offenbar ausgeplaudert hatte. »Ich habe keine Ahnung, was Sie meinen. Und es interessiert mich ehrlich gestanden auch nicht.«

»Aber mich interessiert es«, ging Bernhard dazwischen. »Was meinst du mit *außergewöhnlichem Zusammentreffen*, Marcello?«

»Das lass dir besser von Frau Cehringer erklären«, stieß der Fechttrainer hervor.

Zu allem Überfluss sah sich Leonie genötigt, der prekären Situation ein Ende zu setzen. »Wenn Sie zu Bett gehen wollen, Bernhard, würden wir Sie natürlich auch entschuldigen.«

»Ooh! – O nein!« Juliane ließ sich in einen Ohrensessel fallen.

»Soll ich dir eine *Rennie* bringen?«

»Lass mich in Ruhe!« Juliane hielt die Hand an ihre Stirn. »Ich habe Fieber. Ich muss mich hinlegen.«

»Ich bringe dich zu Bett.« Leonie trat näher.

»Lass mich!« Juliane hob den Blick. »Otto soll mich begleiten. Ich weiß nicht, ob ich ohne seine Stütze überhaupt die Treppe hochkomme.«

Türkheim reichte ihr den Arm. »Ganz langsam, meine Liebe.«

An seinem Arm verließ die Hausherrin das Schlachtfeld.

Als Marcello auf die Terrasse hinauswollte, befahl Leonie: »Montegiallo, Sie bleiben hier.«

In ihrer Verlegenheit stand Alexandra auf. »Ich sollte besser nach Mutter sehen«, murmelte sie.

»Du bleibst auch«, sagte Leonie. »Der wirkliche Anlass für die Magenschmerzen deiner Mutter befindet sich nämlich in diesem Zimmer. Ich habe das vorausgesehen und bin also geblieben.« Sie winkte den Kellnern zu gehen.

Nachdem sich die Türen geschlossen hatten, trat Leonie auf Marcello zu. »Nun, mein Junge, haben Sie sich genügend ausgetobt?«

»War es denn so schlimm?«, fragte er betroffen.

»Von dem sportlichen Barmixer, der sonst bei uns arbeitet, konnte ich nicht viel wiedererkennen.«

»Es ist meine Schuld«, seufzte Alexandra. »Ich hätte zu der ganzen Sache Nein sagen müssen.«

»Was für eine Sache?«, ging Bernhard dazwischen. »Ich verstehe noch nicht, was hier gespielt wird.«

»Ich hätte mich beherrschen sollen«, sagte Marcello. »Aber ich bin noch nie derart gekränkt worden. Verstehst du das nicht, Alexandra?« Als sie nicht antwortete, wandte er sich zu Tante Leonie. »Ich bin ein verliebter Mann!«, rief er. »Wie konnte ich ruhig dastehen und mich von Frau Cehringer beleidigen lassen?«

»Junger Freund, habe ich Sie etwa auch beleidigt?«

»Nein, Fräulein Leonie.«

»Warum schreien Sie mich dann an?« Sie nahm Bernhard die Flasche mit dem Kirschbrand ab und goss sich selbst davon ein. »Ich kann nicht nur hören, was Sie sagen, Marcello, ich kann es sogar verstehen.«

»Können Sie auch verstehen, dass ein Mensch so naiv sein kann wie ich? So dumm, dass ich darauf vertraut habe, diese Einladung könnte ehrlich gemeint sein? Ich habe an ein Wunder geglaubt!«

»Was für ein Wunder?«, fragte Bernhard.

»Dass Alexandra in mir etwas anderes sehen könnte als einen Fechtlehrer, einen Barmixer, einen Angestellten!«

In diesem Moment verwandelte sich Bernhards Gesicht. Es wurde ernst und sanft und offen. Nicht die gewohnte Leichtigkeit zeigte sich darin, dieser Ausdruck, wonach gleich wieder eine sarkastische Bemerkung zu erwarten war. Bernhard trat zu Marcello und legte ihm die Hand auf den Arm. »Jetzt verstehe ich endlich.« Er ging zu Alexandra. »Xandi, du hast noch nicht viel dazu gesagt.«

Erstaunt sah sie ihn an. »Was soll ich denn sagen?«

»Nun, zum Beispiel, wie du es findest, dass ein junger Mann, der dich sonst respektvoll behandelt, in dieser Nacht plötzlich sein tiefstes Gefühl hervorkehrt? Gefällt dir das?«

Ihre Augen wurden weich. »Wäre es schlimm, Bernhard, wenn es mir gefallen würde?«

Er besann sich einen Augenblick. »In diesem Fall ist alles ja noch viel schlimmer, als ich dachte.«

»Es macht dir also etwas aus?«, fragte sie überrascht.

Bernhard nahm ihre Hand. Er war ihr näher als je zuvor. »Spielt das jetzt noch eine Rolle?«

»Ich habe Marcello gebeten, mir zu verzeihen. Aber er sagt nein. Ich habe nicht gewusst, wie sehr ich ihn verletzt habe.«

Beide blickten zu Marcello, der verwundert bei Leonie stand.

»Ich an deiner Stelle würde Alexandra verzeihen«, sagte Bernhard. »Aber auf mich kommt es jetzt nicht an.« Er schüttelte Alexandras Hand. »Heute Nacht hat sich zwischen euch etwas verändert. Daran trägt niemand Schuld, so etwas passiert eben.« Respektvoll trat er einen Schritt zurück. »Eines will ich dir aber noch sagen, Xandi. Was deine Mutter heute getan hat, war grausam, sehr grausam sogar. Juliane ist diejenige, die um Verzeihung bitten sollte, nicht du.« Er nahm seine Jacke von der Couch.

Verwundert ließ sie ihn nicht aus den Augen. »Wie kommt es, dass du auf einmal alles so gut verstehst, Bernhard?«

»Weil ich das, was Marcello gerade erlebt, selbst schon einmal durchgemacht habe.«

»Wann denn?«, flüsterte sie.

»Vor drei Jahren, Alexandra.«

»Vor drei …?«

Er tat einen schmerzhaften Atemzug. »Ich glaube, das, was euch beide verbindet, wird das Chaos dieser Nacht besiegen. Ich schaue euch zwei an, wie ihr da steht und glaubt, so verzweifelt zu sein. Und dabei seid ihr doch so glücklich.«

Beide wussten nicht, was sie sagen sollten.

»Vielleicht werdet ihr nie wieder so glücklich sein wie jetzt. Möglicherweise schwindet euer Glück in diesem Augenblick schon, denn wenn man es bewusst empfindet, versteckt es sich rasch wieder.« Er schlüpfte in die Jacke. »Ich sage euch jetzt gute Nacht. Offenbar vertrage ich euren Birnenschnaps nicht mehr so gut wie früher.« Einen Moment lang überlegte er, auf die Terrasse zu treten, entschied sich aber anders und wollte zur Tür.

Tante Leonie trat ihm in den Weg. »Bernhard, darf ich sagen, Sie sind nicht nur ein feiner Mensch, Sie sind auch ein Gentleman.« Die alte Frau schüttelte ihm die Hand.

Er warf einen letzten Blick auf die jungen Leute. »Wahrscheinlich bin ich sogar ein Idiot.«

Als er die Tür öffnete, schlug ihm fröhliche Musik entgegen. Das musste man den *Wolpadingern* lassen – sie wussten, wie man Stimmung macht.

• 16 •

Der Biss

Bernhard war betrunken, und das war vielleicht das Beste an der Lage. Einen Schicksalsschlag wie diesen ertrug man am gelassensten nach ein paar Gläsern Birnenbrand. Er kehrte in den Spiegelsaal zurück. Die *Wolpadinger* versetzten Sonnbach und seine Gäste in Ekstase. Alle Generationen tanzten und zuckten, wie man es den gesetzten Leuten nicht zutrauen würde.

In seinem abgehobenen Zustand dachte Bernhard an das Geheimnis des Schwarzwaldes – oder sollte man es den Fluch nennen? Seit drei Jahren versuchte er, sich von dem Fluch zu befreien. Er hatte sich ins Leben gestürzt, nicht nur ins Geschäftsleben. Er hatte an der Börse gehandelt, hohe Einsätze gewagt und gewonnen. Das Glück wurde sein Kompagnon. Er hatte Frauen kennengelernt, jede von ihnen bezaubernd, Frauen aus der Stadt, Frauen aus seinem beruflichen Umfeld, eine Harfenistin war dabei gewesen und eine Weltumseglerin. Er hatte vorgehabt, sich zu verlieben, und hatte sich in Sachen Liebe nicht geschont. Seine Freunde hatten Bernhard versichert, man könne die *eine*, die große Liebe nur vergessen, wenn sich andere dazwischenschieben. Bei Bernhard hatte diese Medizin nicht gewirkt. Er konnte Alexandra nicht vergessen. Sie war – er wollte es lange nicht glauben –, sie war die Liebe seines Lebens.

Vor drei Jahren hatte er sich zwar benommen wie ein Gockel, weil er sie beeindrucken wollte. Aber sie war auf sein Imponiergehabe nicht neugierig gewesen. Sie wollte … tja, was wollte sie? Bernhard hatte keine Ahnung, was Alexandra wollte. Er wäre von ihr leichter losgekommen, wenn Alexandra ihn damals nicht auch gerngehabt hätte. Wäre die Temperatur zwischen ihnen lauwarm geblieben, hätte er akzeptiert, dass es nicht sein sollte. Doch jedes Mal, wenn sie einander begegneten, schoss das Thermometer durch die Decke. Heute war das nicht anders. Elektrische Entladungen wie mit ihr hatte er mit keiner anderen Frau erlebt. Funken sprühten zwischen ihnen, der Schwarzwald stand in Flammen.

Bernhard kannte sich selbst so nicht. Er war ein nüchtern kalkulierender Geschäftsmann. Gefühlsaufwallungen hatten an der Börse nichts verloren. Einmal hatte er erlebt, wie ein Börsianer, als der Aktienkurs ins Bodenlose fiel, die Nerven verlor und den Kunden am Telefon anschrie zu verkaufen. Der

Kunde behielt die Nerven und war reich geworden. Der Börsianer saß heute am Schalter einer Kreissparkasse.

Bernhard glaubte aus den Fehlern jenes Sommers gelernt zu haben: Er vermied es, mit Alexandra über seinen Erfolg zu sprechen. Er präsentierte sich ihr nur in kleinen Häppchen, damit sie sich wünschte, ihn öfter zu sehen. Er zeigte sich als Familienmensch und spielte Fußball mit den Jungs. Als beherzter Landmann lief er in den Wald. Trotz dieser Strategie war Alexandra kratzbürstig geblieben. Bernhard versuchte, sich gegen ihre Gefühlseruptionen zu wappnen. Dies blieb erfolglos, solange er sein verwundetes Herz nicht schützen konnte. Vor drei Jahren hatte ihm Alexandra einen Stich in die Brust versetzt, von dem er sich einfach nicht erholte. Deshalb benahm er sich ihr gegenüber linkisch und befangen.

Heute hatte er um alles in der Welt mit ihr tanzen wollen. Doch statt sie um den Eröffnungswalzer zu bitten, hatte er ihre Mutter dazu aufgefordert! Ihm war außerdem nicht entgangen, dass es noch einen anderen Bewerber in dem Spiel gab, den netten, freundlichen Marcello. Im Gegensatz zu Bernhard hatte der Fechter seine Chance ergriffen und Alexandra in die Nacht entführt. Als Bernhard es bemerkte, war es schon zu spät gewesen. Die Turteltauben hatten sich auf eine Mondscheinpartie davongemacht, die Bernhard selbst erleben wollte. Drei Jahre Warten, drei Jahre Leiden, drei Jahre Pläne schmieden – und alles war umsonst gewesen. Ein gut aussehender Bursche mit feurigen Augen und feurigem Wesen hatte ihm die Liebe seines Lebens weggeschnappt. Das war der Stand der Dinge.

Ein plötzlicher Tumult ließ ihn aufblicken. Wieso versammelten sich dort alle an den Glastüren? Warum drängten sie ins Freie? Was gab es da zu sehen? Bernhard hievte sich auf seine wackeligen Beine hoch.

»Was ist los?«, fragte er einen vorbeieilenden Kellner.

»Es brennt.«

»Wo?«

»Im Tal. Mehr weiß ich nicht.«

»Hat jemand die Feuerwehr verständigt?«

»Die sind schon vor Ort.«

Bernhard bemerkte die blauen Lichter, die sich im Fensterglas spiegelten. Er trat auf die Terrasse. Ein heller roter Schein glühte aus der Tiefe hoch. War ein Waldbrand ausgebrochen?

»Mein Gott, der Bergfrieden«, sagte eine Einheimische.

»Der Toni«, murmelte ein anderer.

»Der schielende Toni«, bestätigte sie.

Obwohl Feuer im Wald schrecklich war, blieben Bernhards Gedanken im Schloss. Was wohl gerade im kleinen Salon geschah? War die Tante zu Bett gegangen, hatte sie Alexandra und ihren Freier allein gelassen? Was taten die beiden, wie weit gingen sie? Bernhard war unsagbar elend zumute. Er musste fort, abreisen, jetzt gleich, spätesten morgen früh. Er durfte Alexandra nicht mehr sehen, auch Marcello nicht. Nun, da sie sich für den Italiener entschieden hatte, wollte Bernhard wenigstens bei ihrem Glück nicht zusehen müssen. Wann ging der erste Frühzug? Brauchte er ein Taxi? Vielleicht konnte Juliane ihn zum Bahnhof bringen. Hundert Gedanken gingen ihm durch den Kopf, aber nur eine Verzweiflung, doch sie umfasste alles.

Er hörte neuen Lärm, es wurde gelacht, gejohlt, junge Leute, auch sie betrunken, machten sich einen Spaß. Ein kleiner Hund in ihrer Mitte, er kläffte wütend, verzweifelt, das stachelte die jungen Leute nur noch an. Sie lockten ihn, als ob sie Leckereien in der Hand hätten, und enttäuschten ihn dann hohnlachend. Einer zog das Tier am Schwanz. Winselnd, kläffend drehte er sich auf der Stelle und wollte seinen Angreifer beißen, doch der sprang zurück. Bernhard konnte das nicht länger mitansehen und drängte sich zwischen den Gästen durch.

Er erreichte die Gruppe. »Schluss damit!«

Verwundert musterten die jungen Leute den, der ihr Vergnügen störte. »Was wollen Sie denn? Wir tun ja nichts«, schlug es ihm entgegen.

»Lasst ihn in Ruhe!« Bernhard stellte sich schützend vor das Tier. »Ihr habt euren Spaß gehabt, jetzt lasst ihn zufrieden.«

Bernhards Geist war entschlossen, die Tierquälerei zu beenden. Sein Körper zeigte nicht die gleiche Entschlossenheit. Er übersah eine Bodenunebenheit, stolperte und trat dabei dem Hund, den er beschützen wollte, auf die Pfote. Ein entsetzliches Gejaule erhob sich. Wutzel fuhr herum und schlug die spitzen Zähne in die Wade von Bernhard Ginneck.

Wer hätte gedacht, dass ein Hundebiss so wehtun konnte? Auch Bernhard heulte, ihm wurde schwarz vor Augen. Alles Blut wich aus seinem Kopf. Ehe er sich irgendwo festhalten konnte, schlug er auf dem Kiesweg hin. Aus der Ferne hörte er Gebell, vermengt mit dem an- und abschwellenden Ton der Feuerwehrsirenen.

••••

Johann hörte das Bellen schon eine Weile, doch eingreifen konnte er nicht. Halb saß, halb lag er auf dem Bett und wartete darauf, dass die Schwäche vorüberging. Niemand brauchte davon zu wissen, keiner im Haus, die Cehringers nicht und das Personal genausowenig. Bei Johanns Herz handelte sich um eine alte dreiundachtzigjährige Maschine, Ersatzteile waren nicht vorrätig. Obwohl er diese Schwäche seit einiger Zeit schon spürte, hatte er Professor Hochsinger, den Hausarzt der Cehriners, nicht konsultiert. Trotz ärztlicher Schweigepflicht hätte Hochsinger den Cheringers einen Wink gegeben, dass man den alten Mann schonen müsse. Johann war nach Lörrach gefahren und hatte einen jungen Arzt aufgesucht, der noch kaum Patienten hatte. Der Doktor hätte Johanns Enkel sein können und war offen zu ihm gewesen. Die Schwäche, jene bleierne Müdigkeit, die Johann manchmal fühle, sei keine Krankheit, sie habe einen schlichten Namen: Alter. Johann müsse doch eigentlich nicht mehr arbeiten. Jeder andere seiner Generation sei entweder tot oder in Rente. Wem wolle er etwas beweisen? Unsterblichkeit gebe es für niemanden. Johann solle den Dienst quittieren und noch ein paar schöne Jahre genießen.

»Genießen?«, keuchte der alte Mann auf dem Bett. Was gab es zu genießen, wenn er den geregelten Tagesablauf auf seinem geliebten Schloss aufgeben musste? Niemand konnte sich Gut Sonnbach ohne Johann vorstellen, am allerwenigsten er selbst. Er hielt sich nicht für unersetzlich, aber insgeheim tat er das natürlich doch. Wer würde täglich die Blumenarrangements für die Wandkonsolen zusammenstellen? Wer würde die Zimmermädchen zu penibler Sauberkeit motivieren: Ein übersehenes Haar in der Badewanne warf einen Schatten auf das ganze Haus.

Wer achtete auf die Weinbestände, bestellte rechtzeitig nach und hinderte die Kellner daran, hie und da ein Schlückchen vom Moselwein zu probieren? Wer überwachte die Wagenflotte, den Zustand der Kieswege, den Unkrautbewuchs in den Rosengärten, die Gesundheit der Pferde – wer, wenn nicht Johann?

Die Lust an seinen Pflichten, das Gleichmaß seines Arbeitstages reichten aus, die Schwäche seines Körpers zu überwinden – normalerweise. Aber das Sommerfest auf Sonnbach war kein normaler Tag im Schwarzwaldkalender, es stellte den Höhepunkt der Saison dar, bei dem nicht das Geringste schiefgehen durfte.

Doch in diesem Jahr lag darin nicht der einzige Grund für Johanns Schwäche. Der alte Mann war überzeugt, dass ein Herz tatsächlich brechen, dass man an einem gebrochenen Herzen sterben könne. Nicht im kardiologischen Sinn – eine Kränkung reichte dafür aus. Man hatte Johann tief gekränkt. Das war es, was sein mattes Herz ihm sagte. Fünfzig Jahre diente er dieser Familie. Er war bei ihren Geburten dabei gewesen, hatte sie auf den Armen gehalten und in allen Lebenslagen beschützt – die erwachsenen Cehringers genauso wie die Kinder, die Jungen und die Alten. Als Dank hatte er nie mehr gewollt als ihre Achtung und ihr Vertrauen. Doch die Achtung der Cehringers war nicht groß genug, um ihm einen einzigen Wunsch zu erfüllen. In der

Abenddämmerung seines Lebens wollte er sein Herz noch einmal verschenken an ein Wesen, das ihm für ein bisschen Futter und ein paar gute Worte so die Treue hielt, wie er den Cehringers die Treue gehalten hatte. Ein Tier, das keinen Schmutz machte, das in dem riesigen Schloss kaum auffiel und Johann die Abende im Zimmer ein wenig abwechslungsreicher machen würde.

Frau Cehringer hatte ihm das verwehrt. Ihr dummer Vorbehalt gegen Haustiere war stärker als die Anerkennung für den guten Geist ihres Hauses.

»Fünfzig Jahre«, seufzte Johann.

Das Mittel, das der Arzt aus Lörrach ihm verschrieben hatte, wirkte schon. Vor einer Viertelstunde war er auf sein Zimmer gegangen, um das Medikament zu nehmen und die Füße ein paar Minuten hochzulegen. Es ging ihm bereits besser, als draußen plötzlich Wutzel zu bellen begonnen hatte. Im ersten Moment hielt Johann das für unmöglich. Wie sollte der Hund aus dem Bergfrieden entkommen und den langen Weg hochgelaufen sein? Doch er täuschte sich nicht: Unter Hunderten würde er Wutzels Bellen wiedererkennen.

Zum Ausruhen war nun keine Zeit mehr. Johann stand auf, hielt sich fest, wo er konnte, taumelte ans Fenster und riss es auf. Der Lärm überschäumender Fröhlichkeit schlug ihm entgegen – Tanzmusik, Gelächter, Stimmengewirr –, doch über allem erhob sich das wütende Bellen. Johann konnte seinen Hund nicht nur hören, sondern sogar sehen. Die Plateaus um das Schloss waren stufenförmig angelegt, auf dem untersten entdeckte er eine Szene, die ihm vertraut vorkam. Konnte es sein, dass die Motorrad-Rowdys ins Schloss eingedrungen waren, um Wutzel ein zweites Mal zu ärgern? Nein, die Jungs da draußen trugen Smokings und Abendanzüge. Sie stellten den gehobenen Schwarzwaldnachwuchs dar, Söhne von Chirurgen und Justiziaren, von Bürgermeistern und Großbauern. Und doch kannten die feinen Sprösslinge kein größeres Vergnügen, als einen unschuldigen Hund zu quälen.

»Aufhören«, wollte Johann rufen. Seine Stimme war nur ein Hauch. Die Kraft, die er gehabt hatte, als er Wutzel vor ein paar Tagen den Halbstarken abjagte, fehlte ihm diesmal. Johann suchte seine Stiefeletten, bückte sich und schlüpfte in den linken. Bevor er den rechten anzog, vernahm er eine Stimme, die ihm bekannt vorkam.

»Schluss damit! Lasst ihn in Ruhe! Ihr habt euren Spaß gehabt, jetzt lasst ihn zufrieden!«

Johann hastete ans Fenster zurück und sah, wie Bernhard Ginneck ins Geschehen eingriff. Gesegnet sei er dafür, dachte Johann und wollte aus dem Zimmer eilen, als ein schmerzerfüllter Schrei ertönte und Ginneck neben Wutzel zusammenbrach. War er gestolpert? Sollte Wutzel schuld daran sein, dass Herr

Ginneck da lag und nicht aufstand? Getrieben von den schlimmsten Befürchtungen, hastete Johann aus seinem Zimmer.

• 17 •

Für immer

»Das Tier hat die Tollwut«, sagte Lutger von Stoltzenberg, seines Zeichens Besitzer von Wäldern, die sich durch ganz Baden-Württemberg zogen, Herr über die größten Papiermühlen des Bundeslandes, die er aus den Wäldern speiste. Vor Jahren, bevor Stoltzenberg reich geworden war, hatte er Tierarzt werden wollen. Für einen Abschluss hatte es nicht gereicht, und doch maßte sich Stoltzenberg an, ein Urteil zu sprechen.

»Er hat die Tollwut und muss eingeschläfert werden«, lautete das Todesurteil für Wutzel. Lutger von Stoltzenberg legte den Arm um die Schulter seines Sohnes, des jungen Ludwig von Stoltzenberg, der zu seinem vergötterten Vater gelaufen war und ihn um Beistand gebeten hatte. Ludwig gehörte zur Gruppe reicher Söhne, die den Hund gepiesackt hatten.

Nach der ganzen Aufregung hatte Wutzel tatsächlich ein wenig Schaum vor dem Mund, aber tollwütig war er gewiss nicht. Lutger von Stoltzenberg durchschaute die Situation: Sein Kronprinz und die anderen waren keine Engel, sie hatten den Hund so wild gemacht, dass er jemanden gebissen hatte. Der reiche Lutger von Stoltzenberg wollte sich nicht mit Schmerzensgeldforderungen herumärgern, die der Herr, der vorhin im Kies gelegen hatte, möglicherweise erheben würde. Lutger von Stoltzenberg kramte sein verschüttetes Wissen der Veterinärmedizin hervor und stellte fest, dass der Hund Tollwut haben müsse. Niemand widersprach ihm, weil niemand von Tollwut eine Ahnung hatte und niemand dem bedeutenden Mann seine Expertise abzusprechen wagte. Nach Soltzenbergs Diagnose wichen die herbeigeeilten Umstehenden vor Wutzel einen Schritt zurück. Ein junger Kellner namens Rudolf hielt ihn an dem Seil fest, das um seinen Hals baumelte.

Das Opfer der wütenden Attacke war weggebracht worden. Bernhard Ginneck hatte das Bewusstsein nach ein paar Sekunden wiedererlangt und aufstehen wollen. Da er am Unterschenkel stark blutete, bestanden die herbeigeeilten Ärzte darauf, er müsse getragen werden.

Auf dem Sommerfest in Sonnbach waren zehn Mediziner anwesend. Der Leiter der Chirurgie in Weil am Rhein, ein Primarius aus Schopfheim, drei HNO-Ärzte, vier Allgemeinmediziner und jener junge Arzt aus Lörrach, dessen Patient Johann war. Sie hatten über dem blutenden Bernhard gefachsimpelt und ihn schließlich durch Hausdiener ins Schloss tragen lassen. Nicht auf sein Turmzimmer, sondern in den kleinen Salon. Dort war er von zwei Koryphäen untersucht worden, während drei weitere konstatierten, dass die Wunde genäht werden müsse. Man erwog, die Rettung zu rufen, doch das ging den Koryphäen gegen den Strich. Es würde ihnen doch wohl gelingen, eine Bagatellverletzung in den Griff zu kriegen. Der Chirurg aus Weil am Rhein beanspruchte das als sein Fachgebiet und ließ den Salon zu einem improvisierten Operationssaal umbauen. Geschirrtücher wurden zu Gesichtsmasken, reiner Alkohol zum Desinfektionsmittel. Selbst Küchengeräte wurden für den Eingriff erwogen, bis der Arzt aus Lörrach bekannt gab, er habe seine Tasche im Auto. Von diesem Moment an erwies sich die Operation als Kinderspiel.

••••

Juliane Cehringer wusste nichts von alledem. Sie hatte sich von Otto auf ihr Zimmer begleiten lassen. Dort war es Juliane rasch besser gegangen, sie und er plauderten ein bisschen und küssten einander schließlich. Als Gastgeberin erschien es Juliane unschicklich, aus Ottos Küssen mehr werden zu lassen, und doch verbrachten sie eine gemütliche Viertelstunde, als es plötzlich an die Tür klopfte.

»Ja?«, rief Juliane.

»Frau Cehringer –«, erwiderte jemand vom Personal.

»Ich bin gleich unten. Was gibt es?«

»Ein Unfall«, sagte die weibliche Stimme.

Juliane erschrak und war zugleich erleichtert, dass sie Ottos Drängen nicht nachgegeben und sich ausgezogen hatte. Sie strich ihr Abendkleid glatt und lief zur Tür. »Kein Mucks«, befahl sie Otto, der im Halbdunkel saß. Juliane öffnete. »Was ist los?«

»Der Hund«, stieß die Hausdame hervor.

»Welcher Hund?«

»Der Hund von Johann hat Herrn Ginneck gebissen. Er ist ohnmächtig geworden. Jetzt wird er operiert.«

Ein hektischer Atemzug, doch Juliane fasste sich sofort. Katastrophen waren ihr Spezialgebiet. Jedermann bewunderte sie dafür, dass die Schlossherrin umso ruhiger wurde, je verzweifelter eine Lage schien. »Wo?«

»Im kleinen Salon.«

Ohne ein weiteres Wort lief Juliane an der Hausdame vorbei und wollte in den Salon. Unterwegs begegnete ihr Lutger von Stoltzenberg.

»Mein lieber Lutz«, rief sie. »Haben Sie davon gehört?«

»Gehört?«, entgegnete Stoltzenberg würdig. »Ich habe Maßnahmen in die Wege geleitet.« Er schloss sich der durch die Korridore Eilenden an.

»Mein guter Lutz.« Sie legte ihm die Hand auf den Arm. »Ich bin Ihnen dankbar. Welche Maßnahmen?«

»Das Tier muss eingeschläfert werden. Es hat die Tollwut.«

Einen Augenblick hielt Juliane inne, dann setzte sie ihren rekordverdächtigen Lauf fort. »Eingeschläfert?«, wiederholte sie. »Ja, das ist vielleicht das Beste.«

••••

»Dann können Sie mich gleich mit einschläfern.« Johann stand schützend neben seinem Hund.

Seelenruhig schaute Wutzel von einem zum andern und wusste nicht, dass sich ein Tribunal um ihn versammelt hatte.

»Seien Sie nicht so melodramatisch, Johann.« Juliane leitete den Vorsitz. Lutger von Stoltzenberg vertrat gewissermaßen die Anklage, Tante Leonie, bereits im Morgenmantel, verkörperte die Beisitzerin. Aber wer verteidigte Johann und seinen Hund? Wo war Alexandra, wo Bernhard, wo waren sie alle, die für Wutzel hätten sprechen können?

Der kleine Salon wechselte in dieser Nacht mehrmals seine Funktion. Er war Austragungsort eines Liebesterzetts gewesen, einer Romanze, bei der ein

Fechtlehrer den Sieg und Ginneck die Niederlage davongetragen hatten. Der somit gleich zweimal verwundete Bernhard wurde im kleinen Salon verarztet, Spuren davon sah man noch auf dem josefinischen Schreibtisch, wo ein blutiges Tuch vergessen worden war. Und nun saß der Schuldige an diesem Blutvergießen im kleinen Salon vor Gericht.

Obwohl er sich im Taumel der Ereignisse kaum noch auf den Beinen halten konnte, stand auch Johann da. Die Sache musste durchgekämpft werden, ein für alle Mal.

»Frau Cehringer, ich bin noch nie mit einer größeren Bitte zu Ihnen gekommen«, begann er und biss die Lippen aufeinander. Wirklich zu dumm, dass er ausgerechnet jetzt mit den Tränen kämpfte. Seinen Mann wollte er stehen und atmete mehrmals tief durch. »Aber heute, wo es fast auf den Tag genau fünfzig Jahre sind, dass ich bei Ihrer Familie in Dienst getreten bin …«

»Ich weiß, Johann«, ging Juliane dazwischen. »Wir werden zu gegebener Zeit natürlich eine Feier für Sie ausrichten.«

»Das spielt jetzt keine Rolle«, entgegnete er. »Ich möchte Ihnen nur sagen, dass … dass das Leben für mich keinen Sinn mehr hat, wenn Sie diesen Hund einschläfern.«

»Machen Sie nicht so große Worte«, ging Lutger von Stoltzenberg dazwischen. »Sie haben fünfzig

Jahre lang keinen Hund gehabt und auch gut gelebt.«

»Das stimmt, aber …« Nicht diesem Tierarzt von eigenen Gnaden wollte Johann Rede und Antwort stehen, sondern der Frau, die das entscheidende Wort zu sprechen hatte. »Frau Cehringer, das ist ja kein gewöhnlicher Hund. Das ist …« Er schluckte. »Wutzel hängt so an mir. Er ist … Für ihn existiert überhaupt kein anderer als ich. Er ist alles, was ich habe. Für mich … Ich weiß nicht, ob Sie mich so richtig verstehen können – er ist sozusagen meine letzte Liebe, nicht wahr?«

»Da hätten Sie sich aber ein schöneres Exemplar aussuchen können«, entgegnete Lutger von Stoltzenberg.

»Das ist schon richtig, dieses Exemplar«, gab Johann beherzt zurück. »Da können Sie, verehrter Herr von Stoltzenberg, unter den Menschen lange suchen, bis Sie so ein Exemplar finden.«

»Was erlauben Sie sich?«, brauste Stoltzenberg auf.

»Das ist ein Wesen, das mir die Treue hält für den Rest meines Lebens.« Mit diesen Worten trat der alte Johann seinem Widersacher entgegen.

Juliane schlichtete. »Ich mache Ihnen keinen Vorwurf, dass der Hund im Bergfrieden ausgebrochen und nach Sonnbach zurückgekommen ist. Wie es aussieht, hat sein Gebell sogar die Nachbarn im Tal geweckt, die das Feuer bemerkt haben. Es heißt, die

Feuerwehr habe den schielenden Toni lebend aus seinem Haus geborgen. Aber das steht jetzt nicht zur Diskussion.« Sie ertrug die Nähe ihres Dieners nicht, stand auf und machte ein paar Schritte durch den Salon. Ihr Blick fiel auf das blutgetränkte Tuch. »Ich wollte diesen Hund von Anfang an nicht hier haben. Es steht außer Zweifel, dass er sich als gemeingefährlich erwiesen hat.«

Johann wollte widersprechen.

»Ich bin noch nicht fertig. Ihr Hund hat einen geschätzten Gast von uns schwer verletzt. Ihr Hund hatte Schaum vor dem Mund. Wenn Herr von Stoltzenberg sagt, das Tier müsse eingeschläfert werden, wieso sollte ich seine Diagnose anzweifeln?«

Juliane sah es in Johanns Augen, an der Bewegung, die er machte, an dem taumelnden Schritt, dem Griff ins Leere – Juliane sah, dass sie Johann gerade ein Messer ins Herz gestoßen hatte. Ein versöhnlicher Ton tat not, damit die Sache nicht aus dem Ruder lief.

»Johann, wenn es vorhin nicht zu dem Angriff auf Herrn Ginneck gekommen wäre, hätte ich Ihnen den Vorschlag gemacht, den Hund in ein Heim für … wie heißt das … ein Heim für verlassene Tiere zu geben.«

Zum ersten Mal im Leben hatte Johann nichts als Verachtung für seine Herrin. »Ach, Sie meinen so ein Heim wie für ältere Menschen, nicht wahr?

Leute, die sich ihr Brot nicht mehr selbst verdienen können.«

»Johann, Sie gehen zu weit«, fuhr sie ihn an. »Ich wollte Ihnen helfen. Aber nach dem Vorfall von vorhin …«

»Wenn Sie mir helfen wollen, lassen Sie mir doch den Hund, Frau Cehringer. Ich sorge schon dafür, dass er nichts anstellt.«

Lutger von Stoltzenberg stieß einen ungeduldigen Seufzer aus. »Was nimmt sich der Mann denn heraus? Wir stellen fest, dass das Tier eingeschläfert werden muss, und Ihr Diener wird auch noch unverschämt.«

Juliane spürte, dass ihr die Angelegenheit zu entgleiten drohte. »Hören Sie, Johann, aber verstehen Sie das bitte nicht falsch: Wie wäre es, wenn ich Ihnen eine ausreichende Pension zahlen würde – etwas werden Sie sich doch auch erspart haben –, dann können Sie sich hier irgendwo in der Gegend zur Ruhe setzen. Sie würden sich einen neuen Hund nehmen, einen jüngeren und hübscheren, und ab jetzt ein geruhsames Leben führen.«

Um seinen Hund und dessen Leben hatte Johann kämpfen wollen. Nun spürte er, dass seine Lage mit jedem weiteren Satz katastrophaler wurde. »Aber ich gehöre doch hierher«, stammelte er. »So wie Sie selbst, Frau Cehringer. Fünfzig Jahre bin ich hier gewesen … Ich habe schon verstanden, dass ich deshalb nicht zur Familie zähle …«

»Das wäre ja noch schöner!«, knurrte Stoltzenberg.

»Fünfzig Jahre lang war das meine Welt. Ich habe nichts anderes, Frau Cehringer.«

»Johann –« Sie versuchte es in Güte. »Ich will Sie ja behalten, solange Sie können. Aber mit dem Hund muss das geschehen, was Herr von Stoltzenberg sagt.«

»Was heißt – Sie behalten mich?«, fragte er fast lautlos. »Sie schenken mir doch nichts. Ich arbeite. Im Garten, im Schloss, überall. Ist denn nicht alles in schönster Ordnung? Habe ich Ihr Sommerfest nicht im besten Sinne ausgerichtet, so wie jedes Jahr und all die Jahre zuvor?«

»Ich kann jetzt nichts weiter dazu sagen«, rief Juliane unbeherrscht. »Der Hund muss weg. Er kommt zu unserem Tierarzt, der auch die Pferde behandelt. Der wird das … erledigen. Sanft und schmerzlos. Der Hund wird überhaupt nichts spüren.«

»Danke«, antwortete Johann. »Ich habe verstanden, Frau Cehringer.« Er bückte sich zu Wutzel. »Du hast sie auch verstanden, nicht wahr? Komm.« Er nahm ihn am Seil und wandte sich zur Tür. Wutzel lief mit Johann mit.

»Moment, wo wollen Sie hin?«, rief von Stoltzenberg. »Sie haben Juliane gehört. Das Tier wird zum Arzt gebracht.«

»Mit Ihnen spreche ich nicht!« Johann fuhr herum. »Den Weg, den Sie für meinen Hund gewählt haben, wird er nicht allein gehen. Dorthin werde ich ihn begleiten. Bis zum letzten Atemzug bleibe ich bei ihm.«

Er wandte sich zu Juliane. »Sie haben mich weggeschickt, gnädige Frau. Ihnen ist es egal, was aus mir wird und aus meinem Hund.« Die Tränen rannen ihm über die Wangen. »Entschuldigen Sie.« Er wischte sich übers Gesicht. »Sie können gleich über mich alten Mann lachen, wenn ich draußen bin, aber …« Ein hilfloser Schritt. »Aber ich werde es Ihnen doch sagen und wenn Sie mich auch noch so lächerlich finden: Frau Cehringer, Sie haben mir die Treue gebrochen.« Er zeigte auf Wutzel. »Er hätte sie mir gehalten. Für immer.«

• 18 •

Graue Augen

Die Ärzte auf Schloss Sonnbach hatten darüber diskutiert, ob der Patient zur Beobachtung ins Krankenhaus gebracht werden solle. Der Chefchirurg aus Weil hielt das nicht für nötig. Er habe die Wunde verarztet, der Patient brauche vor allem Ruhe, sein Verband müsse morgen gewechselt werden. Die Schmerztabletten, die der Arzt aus Lörrach beigesteuert hatte, würden ausreichen. Da auf dem Fest keine ausgebildete Krankenschwester zu finden war, hatte der Chirurg eine Nachtschwester aus seiner Abteilung heraufbeordert, sie sollte bei Ginneck bleiben.

Alexandra öffnete die Tür nur einen Spaltbreit. »Wenn Sie sich ein bisschen ausruhen wollen –«, flüsterte sie.

»Ach, Fräulein Cehringer?« Die Krankenschwester blickte von ihrem Buch auf.

»Schläft er?«

»Das Schlafmittel wirkt.«

»Hat er Schmerzen?«

»Die dürften kommen, sobald er aufwacht.«

»Wollen Sie sich nicht einen Kaffee holen?«

»Um diese Zeit?«, fragte die Schwester.

»Sonnbach hat rund um die Uhr Zimmerservice. Ich bleibe so lange bei ihm.«

»Danke, das ist nett.« Die Schwester legte ein Lesezeichen in ihr Buch und machte den Platz neben Bernhards Bett frei. »Ich bin gleich wieder da.«

»Lassen Sie sich Zeit. Ich kann nach dem ganzen Chaos ohnehin nicht schlafen.«

Gleich darauf war sie mit ihm allein. Fahl sah er aus, verletzlich, überraschend jung – ganz anders als tagsüber, wenn Bernhard souverän, um nicht zu sagen, überheblich auftrat.

»Na, du machst ja Sachen«, sagte sie zu dem Schlafenden. »Du wolltest Johanns Hund retten. Das fand ich … großartig. Leider hast du das Gegenteil damit bewirkt.« Sie legte ihre Hand auf seine Schulter. »Ach, Bernhard – ich weiß gar nicht, wie das heute Nacht alles passieren konnte.«

Sein Atem ging gleichmäßig, er rührte sich nicht. Alexandra redete mit ihm wie zu einem schlafenden Kind. Warum war sie überhaupt in Bernhards Zimmer gekommen. Aus Sorge? Aus Verwirrung vielleicht und weil ihr sonst niemand einfiel, an den sie sich hätte wenden können? Nicht an ihre Mutter, die nach der Sache mit dem Hund ziemlich aufgelöst schien, und gewiss nicht an Marcello. Die Minuten im kleinen Salon, als Bernhard zum ersten Mal in sich hineinschauen ließ, als er so traurig gewesen war und den Rückzug angetreten hatte, gingen Alexandra nicht aus dem Sinn. Zusammenhänge schimmerten vor ihr auf, die zu durchschauen sie ängstigte. Auch die plötzliche Veränderung Marcellos irritierte sie. Ihr Fechttrainer kehrte unverhofft den heißblütigen Südländer hervor. Alexandra war nicht vertraut im Umgang mit Heißblütern, und so hatte sie ihm eine gute Nacht gewünscht.

Nun saß sie bei Bernhard, ihrem Verehrer von vor drei Jahren, der sie so oft zur Weißglut gebracht hatte.

»Warum gehst du mir eigentlich so auf die Nerven?«, flüsterte Alexandra.

»Du gehst mir genauso auf die Nerven«, kam es kaum hörbar aus dem Bett.

»Du bist wach?« Sie sprang auf.

»Nicht so richtig.«

»Willst du … Soll ich … Was kann ich …?« Plötzlich war es ihr peinlich, allein mit ihm zu sein. »Möchtest du etwas trinken?«

»Ja, gern.«

Sie schenkte ihm aus der Karaffe ein. »Hast du Schmerzen?«

Er bewegte sich sachte. »Von den Schmerzen bin ich, glaube ich, aufgewacht.«

»Die Schwester hat Tabletten für dich. Warte –«

Wo war die Schwester, dachte Alexandra. Wo waren die Pillen? Sie begann zu suchen.

»Nicht dort«, sagte Bernhard. »Sie sind auf der Konsole.«

Alexandra fand und öffnete die Pillendose. »Wie viele – weißt du wie viele? Eine – zwei – ?«

»Vielleicht erst mal eine, Schwester.« Er lächelte.

Sie hielt ihm die Pille zwischen die Lippen, er trank Wasser nach.

»Irgendetwas – Irgendwas ist komisch.« Er unterdrückte ein Keuchen.

»Komisch? Wo denn?«

»Mein Bein.« Bernhard schlug die Decke zurück.

Der Verband war verrutscht. Man sah Bernhards genähte Wunde. Sie hatte sich gerötet.

»Ist das normal?«, flüsterte sie.

»Ich weiß nicht.«

»Tut es weh?« Alexandra berührte die Stelle.

Bernhard stieß einen derart gequälten Schrei aus, dass sie erschrocken zurücksprang.

»So weh?«

Bernhard biss wimmernd die Zähne zusammen.

»Entschuldige – entschuldige bitte. Ich hole die Schwester.«

»Irgendetwas ist …« Er ächzte. »Ich glaube, das muss noch einmal aufgeschnitten werden.«

»Aber doch nicht hier.« Sie starrte auf die Stelle an Bernhards Bein.

»Nein … Die Rettung …« Er warf den Kopf zurück. »Nein, warte. Bis die hier sind, das dauert zu lange. Bring mich ins Krankenhaus, Xandi. Und gib mir noch ein paar von den Tabletten.«

Sie kippte drei davon in seine hohle Hand. »Dich hinbringen? Wie denn?«

»Im Borgward.«

»Ich … Ich habe Mamas Wagen gegen einen Felsen gefahren«, gab sie zu.

Er schluckte die Pillen. »Aber es sollte auf Sonnbach doch ein anderes Auto geben, das mich runterbringen kann.« Er trank Wasser nach.

»Ja! Ich weiß eins.« Sie ließ ihm das Glas und eilte zur Balkontür.

»Was willst du auf dem Balkon?«

»Zu Otto.« Sie schwang ein Bein über die Ballustrade.

»Xandi, bist du wahnsinnig?«

»Das ist mein Geheimweg. Über die Außenbekrönung des Turmes komme ich in Ottos Zimmer.«

»Wer ist Otto? – Xandi, das ist zu gefährlich.«

Seinen Einspruch hörte sie schon nicht mehr, trat auf das Blechgesimse und balancierte an der Wand entlang. Sie dachte nicht an die Höhe, nicht an den Taubenkot, auf dem man ausrutschen konnte, sie dachte nur an den Mercedes von Otto Türkheim.

••••

Die gelben Lichter fraßen sich durch die Nacht. Otto tat sein Bestes, die Strecke mit den vielen Serpentinen zügig zu bewältigen und den Patienten trotzdem nicht zu sehr durchzurütteln. Die Krankenschwester saß auf dem Vordersitz, Alexandra hinten bei Bernhard. Sie hatte seinen Kopf in ihrem Schoß.

Es war doch nur ein einfacher Hundebiss, dachte sie. Der Beste der Besten hatte Bernhard verarztet, jener Chirurg, der normalerweise schlagende Herzen in seinen Händen hielt und Brustkörbe öffnete. Doch Bernhards Bein sah nicht gut aus, leider gar nicht gut.

»Wir sollten ihn in die Klinik nach Weil bringen«, sagte die Schwester. »Da kann der Professor ein Auge auf die Wunde werfen.«

»Der Professor liegt im Bett und schläft seinen Champagnerrausch aus«, gab Alexandra zurück. »Wir bringen ihn in unser Krankenhaus. Ja, Otto?«

»Ich bin dafür«, nickte Türkheim. »Notaufnahme ist Notaufnahme.«

Die Schwester streckte ihre Hand nach hinten und wollte Bernhards Stirn berühren. »Wie ist seine Temperatur?«

Alexandra wehrte die tastende Hand ab. »Er hat Fieber.« Sie beugte sich über Bernhard. »Wir sind gleich da, Bernie. Nur noch ein paar Minuten.«

»Was ist mit dem Hund?«, fragte er leise.

»Der Hund?« Sie überlegte, wie sie die tragische Wendung der Geschehnisse vor ihm geheim halten könnte.

»Was haben sie mit dem Hund gemacht?«

»Nichts – ich weiß nicht genau.«

Bernhard hatte mit geschlossenen Augen in ihrem Schoß gelegen. Jetzt öffnete er die Augen. Bernhard Ginneck hatte graue Augen. Oft hatte Alexandra schon in diese Augen gesehen. Aber nicht so wie jetzt. In diesem Moment bemerkte sie winzige bernsteinfarbene Einsprengsel in dem Grau, die große Iris, die langen Wimpern, auch die kleinen Fältchen, die sich trotz seiner Jugend rund um die Augen hervorwagten. Alexandra sah aber noch mehr. Sie sah innige, fühlende, neugierige Augen. Diesen Augen fühlte sie sich ausgeliefert. Das erschreckte sie und tat ihr zugleich gut. Die Augen schauten in sie hinein, der Blick umarmte sie. Das war der echte, wahre Bernhard, den sie ansah, überrascht und offen begegnete sie seinem Blick.

»Die Wahrheit, Xandi«, flüsterte er.

»Das ist nicht so wichtig. Wir müssen dich möglichst rasch …«

Diesmal sagte er nichts, aber seine Augen wurden noch ein wenig größer.

»Es könnte sein …« Sie biss sich auf die Lippe. »Möglicherweise hat die Entzündung deiner Wunde damit zu tun, dass der Hund die Tollwut hatte.«

Zwei rasche Atemzüge. »Blödsinn.«

»Was?«

»Der Hund ist völlig gesund. Er hat sich nur über die blöden Kerle aufgeregt, die …« Er musste Luft holen.

»Das können wir alles später besprechen. Ruh dich aus, Bernie.«

»Tollwut? Quatsch. – Wer sagt das?«

»Einer unserer Gäste.«

»Woher will der das wissen?«

»Es ist Lutger von Stoltzenberg. Ein großes Tier hier.«

»Nur weil er ein großes Tier sein soll, ist er noch lange kein Tierarzt.« Bernhard versuchte sich aufzurichten.

»Du bleibst liegen.«

Aber Bernhard ließ sich nicht beruhigen. Unter Schmerzen kam er hoch. »Ein Hund, der die Tollwut hat, weißt du, was mit dem passiert? Der wird doch normalerweise …« Er suchte in Alexandras Augen und fand die Antwort. »Die wollen ihn einschläfern?«

Die Schwester drehte sich um, auch Otto schaute in den Rückspiegel.

»Die dürfen ihn nicht einschläfern«, rief Bernhard.

»Wahrscheinlich haben sie es schon getan«, bekannte Alexandra.

Bernhard schlug ihre Hand beiseite. »Nein!«

»Sie müssen ihn beruhigen, Fräulein Cehringer«, sagte die Schwester. »Er muss ruhig liegen.«

»Johann und der Hund sind vor Stunden ins Tal gebracht worden«, erklärte Alexandra. »Es ist bestimmt längst vorbei.«

»Wohin haben sie ihn gebracht?«, keuchte Bernhard. »Wer sollte das machen?«

»Unser Tierarzt. Der alle Tiere im Schloss behandelt.«

Bernhard verbiss sich den Schmerz. »Der Arzt müsste ihn doch vorher untersuchen und feststellen, dass der Hund gar keine Tollwut hat.«

»Wutzel hat einen Menschen gebissen«, erwiderte sie. »Das reicht normalerweise aus, um ihn … um so zu verfahren.«

»Das darf nicht sein!« Er wehrte sich dagegen, hingelegt zu werden. »Wir müssen hinfahren.«

»Auf keinen Fall«, sagte die Schwester kategorisch.

Auch Türkheim widersprach. »Das Wichtigste ist, dass Ihr Bein behandelt wird, Herr Ginneck.«

»Scheiß auf mein Bein!« Er wand sich. »Wie weit ist es noch zum Krankenhaus?«

»Wir sind schon am Stadtrand.«

»Eure sogenannte Stadt ist nicht mehr als ein Kaff«, rief Bernhard mit wachsender Wut. »Der Tierarzt muss ganz in der Nähe sein.« Er starrte Alexandra an.

Sie nickte. »Seine Praxis ist hier um die Ecke.«

»Wir fahren jetzt dorthin. Vielleicht hat der Tierarzt ja geschlafen. Oder er war nicht zu Hause. Es ist noch nicht zu spät. Es darf nicht zu spät sein!«

»Das ist das Fieber«, sagte die Schwester. »Er spricht im Fieber.«

Alexandra bewunderte Bernhard für das, was er sagte. Sie entschied. »Auf die paar Minuten kommt es auch nicht an.« Sie beugte sich zu Türkheim. »Wir machen den Umweg, Otto. Im Kreisverkehr nimmst du bitte die Erste rechts.«

»Ich bin hier die medizinische Fachkraft«, schaltete sich die Schwester ein. »Und ich sage, wir fahren ins Krankenhaus!«

»Bleib mal stehen, Otto«, bat ihn Alexandra.

Der Mercedes hielt.

»Was soll das?«, fuhr die Schwester sie an.

»Steigen Sie aus.«

»Was!«

»Steigen Sie aus, Sie Fachkraft. Der erste Zug nach Weil dürfte bald gehen. Den können Sie nehmen.«

»Sie wollen mich mitten in der Nacht hier aussetzen?« Die strenge Frisur der Schwester hatte sich gelöst, wirr hing ihr das Haar in die Stirn.

»Entweder das oder Sie halten die Klappe«, gab Alexandra zurück. »Beschweren können Sie sich bei Ihrem Chef, der irgendetwas an Bernhards Bein verpfuscht hat.«

»Das ist doch …!« Die Schwester war in einer

Zwickmühle. Sie durfte sich ein solches Benehmen nicht gefallen lassen, hatte aber keine Lust, im Morgengrauen am Straßenrand abgesetzt zu werden. »Auf Ihre Verantwortung«, zischte sie.

»Natürlich auf meine Verantwortung.« Alexandra gab Otto ein Zeichen, der Benz setzte sich in Bewegung.

Gleich darauf hielten sie vor einer Gartenpforte.

»Ich muss dich kurz allein lassen, Bernie«, sagte Alexandra.

»Beeil dich.« Damit sie aussteigen konnte, richtete er sich auf.

Alexandra rannte zur Gartenpforte, fand sie verschlossen und stieg darüber. Im Haus des Tierarztes brannte Licht.

• 19 •

Katzen und Hunde

Doktor Gastinger war ein schwerer Mann mit einem angegriffenen Herzen. Niemand in der Gegend hatte ihn je mit Haaren auf dem Kopf gesehen. Dr. Gastinger liebte die Tiere, er verstand sie, sprach mit ihnen und wurde liebevoll der Schwarzwälder Franz von Assisi genannt. Er hatte selbst zwei Rauhaardackel, die ihn auf seinen Hausbesuchen begleiteten, außer wenn er nach Sonnbach fuhr. Er wollte keinen Ärger mit Frau Cehringer und ließ die Hunde folglich zu Hause. Dr. Gastinger war freundlich und umgänglich, außer wenn man ihn aus dem Schlaf riss.

Alexandra drückte den Klingelknopf, sie hämmerte an die Tür. In der Praxis brannte Licht, er musste sie hören. Im Haus begannen die Hunde zu bellen. Alexandra unterschied zwei Hundestimmen. Wenn Wutzel noch lebte, hätten es drei sein müssen.

»Welcher Idiot hat die Frechheit, zu nachtschlafender Zeit …!« Der Kahlkopf Gastingers erschien im Fenster des ersten Stockes.

Alexandra gab sich zu erkennen.

»Fräulein Cehringer? Was wollen Sie jetzt auch noch?« Er bemühte sich nicht um den kleinsten Funken Höflichkeit. »Kommt diese Nacht denn das ganze Schloss zu mir?«

»Das ganze …?«

»Johann war hier, Ihre Tante Leonie und Herr von Stoltzenberg. Die Öffnungszeiten meiner Praxis stehen unten an der Tür!« Er war im Begriff, das Fenster zuzuwerfen.

»Warten Sie! Wo ist der Hund?«

»Welcher? Max oder Moritz?«

»Nicht Ihre Hunde, Doktor Gastinger. Der Hund … die kleine Promenadenmischung.«

»Ach, der Hund. Das ist erledigt.«

Mit offenem Mund starrte sie hoch. »Erledigt? Sie meinen –«

Der Mann mit dem kahlen Schädel seufzte. »Na gut, jetzt bin ich schon mal wach. Kommen Sie. Ich mache Ihnen auf.«

Gleich darauf hörte Alexandra ein Hecheln und Bellen, das Springen von kurzen Beinen, die mit dem Tierarzt die Treppe herunterkamen. Die Tür ging auf.

»Wen haben Sie da noch dabei?«, fragte der Doktor im Bademantel mit Blick auf den Mercedes.

»Das ist im Moment nicht so wichtig. Was ist mit dem Hund von Johann?«

»Der ist fort.«

»Fort – fortgebracht?«, stammelte sie.

»Nicht hier draußen.« Gastinger ließ Alexandra den Vortritt und brachte sie in die Praxis zu ebener Erde. Hier brannte Licht, aber von einer kürzlich erfolgten Behandlung war nichts zu sehen.

»Was ist passiert?« Sie suchte in seinen Augen.

»Setzen Sie sich. Wollen Sie einen Kaffee?«

»Danke, nein.«

»Aber ich will einen Kaffee.« Er begann in der Kochnische zu hantieren.

»Spannen Sie mich nicht auf die Folter, Doktor.«

»Hier war heute Nacht vielleicht was los, das kann ich Ihnen sagen.« Er tat Wasser in das Kännchen. »Für die Katzen hätte es übel ausgehen können.«

»Die … *Katzen*?«, fragte sie ratlos. »Was denn für Katzen?«

»Habt ihr im Schloss denn nicht mitgekriegt, dass es gebrannt hat?«

»Wir haben … Ich weiß nicht … Bei uns war auch so einiges los.«

»Feuer im Bergfrieden.«

Während Dr. Gastinger echten italienischen Espresso, den er jedes Jahr aus dem Urlaub mitbrachte, in das Kännchen füllte, das Gas aufdrehte und den

Kaffee zum Kochen brachte, erzählte er, dass Toni, der ewig betrunkene Kerl, mit der Petroleumlampe nicht aufgepasst hätte. Die Feuerwehr nahm an, dass von dem rußenden Docht Funken aufgestiegen seien, die einen Vorhang in Brand gesetzt hätten. Als es in der Wirtsstube immer heißer wurde, sei Toni erwacht und habe sich ins Freie retten können. Wegen der Menge an Kohlenmonoxid, die er eingeatmet hatte, sei er auf der Wiese ohnmächtig zusammengebrochen. Tonis Katzen hätten sich im hinteren Zimmer aufgehalten und seien durch die Flammen nicht mehr durchgekommen. Ein Hund habe gebellt und damit die Nachbarsfamilie geweckt. Die habe die freiwillige Feuerwehr gerufen, die in Rekordzeit angerückt sei und den Brand gelöscht habe. Dabei hätten sie die verängstigten Katzen gefunden, mit Brandwunden an den Pfoten. Der Feuerwehrhauptmann habe die Tiere zu Gastinger gebracht. Den schielenden Toni habe man ins Krankenhaus eingeliefert, wo er trotz seiner Rauchgasvergiftung nicht über Nacht bleiben wollte. Er sei zum Bergfrieden zurückgekehrt, um zu sehen, was er von dem Haus noch retten könne. Die Katzen habe Gastinger in Obhut genommen.

»Das ist … schrecklich.« Alexandra bemühte sich um ein wenig Anteilnahme. »Aber was ist mit dem Hund? Was ist mit Johanns Hund passiert?«

Mit einem schmalen Lächeln setzte Gastinger die

Mokkatasse an den Mund. »Tja, das ist natürlich so eine Frage.«

»Und kriege ich eine Antwort?«

»Unser allseits verehrter Herr von Stoltzenberg hat eine ziemliche Staatsaktion um diesen Hund gemacht, von wegen *einschläfern* und so.«

»Und haben Sie ihm widersprochen, Doktor?«

»Ich werde doch einem Lutger von Stoltzenberg nicht widersprechen.« Genüsslich nippte der Tierarzt an dem Mokka. »Ich behandle alle vierhundertachtzig Kühe Stoltzenbergs. Der Mann ist mein bester Kunde.«

»Haben Sie Wutzel auf Tollwut untersucht?«

»Das hielt ich nicht für nötig.«

»Sie haben ihn …«

»Ich habe mir Johann angesehen und seinen Hund.« Er stellte die Tasse ab. »Noch nie im Leben habe ich einen traurigeren Menschen gesehen.«

»Und – und?«, rief sie.

»Ich habe der Diagnose Herrn von Stoltzenbergs zugestimmt und zu Johann gesagt: Sie müssen jetzt sehr stark sein, Herr Johann. Es muss sein.«

»Und dann?«

»Dann habe ich Herrn von Stoltzenberg erklärt, ich würde letale Betäubungen niemals im Behandlungszimmer machen, weil die Tiere den Tod eines anderen Tieres riechen können. Dafür hätte ich ein Extrazimmer. Daraufhin habe ich Johann und seinen

Hund nach hinten gebracht. Wissen Sie, was hinten ist, Fräulein Cehringer?«

»Keine Ahnung.«

»Die Hintertür. Ich habe die beiden zur Hintertür geführt, aufgesperrt und ihnen gesagt, sie sollen abhauen. Und das kann ich Ihnen sagen: Noch nie habe ich einen glücklicheren Menschen erlebt als unseren Johann, und noch nie habe ich den alten Mann schnell laufen sehen.«

»Sie haben …?« Alexandra sprang auf und fiel dem kahlen Doktor um den Hals. »Das ist ja großartig! Das haben sie wunderbar gemacht.«

Geschmeichelt und ein bisschen verlegen griff er nach der Tasse. »Darauf habe ich zehn Minuten gewartet und bin zu Stoltzenberg zurückgekehrt. Ich sagte ihm, der alte Mann sei am Boden zerstört.« Gastinger kratzte sich an der Stirn. »Fräulein Leonie hat verstanden, was in Wirklichkeit passiert ist, jedenfalls hat sie Stoltzenberg gebeten, sie ins Schloss zurückzufahren. Danach habe ich gehofft, endlich schlafen zu können.« Er zwinkerte. »Ich habe mich wohl getäuscht.«

Sie drückte seinen Arm. »Nochmals tausend Dank. Wo ist Johann?«

»Möglichst weit weg, hoffe ich.«

»Mitten in der Nacht? Wo soll er denn hin?«

Draußen klingelte es. Sekunden später stand die Krankenschwester in der Praxis. »Er ist bewusstlos«, rief sie. »Herr Ginneck hat hohes Fieber und sein Puls fällt.«

»Herrgott, Bernhard!« Alexandra sprang auf.

»Sie haben einen Verletzten draußen?«, fragte Gastinger überrascht.

»Ich wollte ihn ins Krankenhaus bringen«, erklärte Alexandra.

»Ich fürchte, dafür reicht die Zeit nicht mehr«, sagte die Schwester.

»Was ist denn mit ihm?«

»Sein Bein, der Hundebiss –«, Alexandra lief zur Tür. »Können Sie einen Blick darauf werfen?«

»Ein Tierarzt?«, ereiferte sich die Schwester.

»Ich sehe ihn mir mal an.« Gastinger machte den Untersuchungstisch frei.

»Ihre Gartenpforte ist abgesperrt«, rief Alexandra im Hinauslaufen.

»Unsinn.« Der Arzt folgte ihr ins Freie. Mit einem kräftigen Ruck riss er das Gatter auf. »Die klemmt nur.«

Gastinger beugte sich in den Mercedes und zog die Decke von Bernhards Bein. »Sofort rein zu mir«, sagte er kompromisslos.

»Aber in der Klinik könnten sie ihn besser …«

»Jetzt«, entgegnete Gastinger scharf.

»Was hat er, Doktor?«, fragte Alexandra.

»Er hätte nicht genäht werden dürfen. Die Oberfläche wurde verschlossen, aber die Entzündung sitzt in der Tiefe. Hat er die Tetanusspritze gekriegt?«

Die Schwester nickte.

»So ein Wahnsinn.« Gastinger hob den Blick. »Wir müssen ihn hineinbringen. Herr Türkheim, helfen Sie mir?«

Der Regenbogen

• 20 •

Geschützdonner

Jeder von ihnen hatte eine Decke um die Schultern. So saßen die Männer da. Im Morgengrauen im Schwarzwald im Freien zu sitzen war nicht ohne Risiko. Selbst im Sommer konnten die Temperaturen empfindlich fallen.

»Sie sollten nicht so viel trinken, Toni«, sagte Johann. »Es bringt Sie irgendwann um.«

»Heute Nacht hätte es mich fast umgebracht«, antwortete der schielende Toni.

Johann musterte ihn. »Sie müssen sich waschen. Ihr halbes Gesicht ist voll Ruß.«

»Ja, das habe ich im Spiegel gesehen. Ich sehe aus wie eine schwarz-weiße Elster.« Er lachte. »Ich bin mit dem Kopf auf dem Tisch eingeschlafen. Deshalb ist nur auf einer Seite Ruß auf mich herabgerieselt.«

»Warum haben Sie im Krankenhaus nicht geduscht oder sich gewaschen?«

»Weil das noch nicht dran ist«, erwiderte Toni ernsthaft.

»Nicht dran, was?«

»Laut meinem Turnus nehme ich erst Mitte August das nächste Bad.«

»Sie sind ein ziemlicher Kauz, Toni, und ein stinkender dazu.«

»Kann sein. Aber im Wald riecht das keiner. Und Käuze sind im Wald zu Hause.«

»Was machen Sie jetzt mit dem Bergfrieden?«

»Ich repariere ihn natürlich. Ist ja nicht viel passiert.«

Johann ließ den Blick über die rauchgeschwärzten Fensterhöhlen und das Loch im Dach schweifen. »Die Gaststube ist komplett ausgebrannt.«

»Die hätte sowieso renoviert werden müssen.« Toni warf einen Blick auf den schlafenden Hund zu Johanns Füßen. »Was soll mit Ihnen und Wutzel geschehen?«

»Da muss ich erst drüber schlafen.«

»Mein Bett ist leider verbrannt. Aber eine Luftmatratze habe ich.«

Johann nickte kraftlos. »Es wird schon gehen.«

»Gott sei Dank regnet es nicht.« Toni schielte zum Himmel, der mit jeder Minute heller wurde. »Gehen Sie wieder ins Schloss zurück?«

Erschöpft sah Johann den schielenden Toni an.

••••

Nach einer Nacht wie dieser gab es keinen guten Morgen. Ein guter Morgen hatte die Angewohnheit, die Ängste der Dunkelheit und die Sorgen der Nacht auszulöschen. An diesem 1. August war das nicht so. Am Ufer des Sees, zwischen Ebereschen, Buchen und blauschwarzen Tannen näherte sich der Lieferwagen des Bäckers. Wie jeden Tag drosselte der Fahrer das Tempo. Auch an diesem überschatteten Morgen bogen sich die Wiesengräser, floss das Wasser aus dem Schwarzwald zum Rhein hinab. Das Renaissanceschloss erhob sich zwischen den Hügeln, die Kupferdächer mit ihrer Patina, der Wetterhahn und der Fahnenmast glänzten in der Morgensonne, die sich allmählich durch den Dunst kämpfte. Aus dem Schlossgraben stieg ein Geruch von Vergänglichkeit auf; er würde sich verflüchtigen, sobald es regnete. Die kegelförmigen Türme, der Springbrunnen mit seiner Symmetrie, das Banner der Cehringers, alles schien wie immer. Wer die letzte Nacht nicht miterlebt hatte, meinte, auf Sonnbach nehme das Leben seinen gewohnten Gang.

Das Bäckereiauto durchquerte die Toreinfahrt und hätte wie jeden Morgen Marcello geweckt, der über dem Tor sein Zimmer hatte. Doch Marcello war seit Langem wach. Genau genommen hatte er gar nicht geschlafen. Der Smoking hing an der Zimmertür, später würde er ihn Johann zurückgeben.

Johann selbst war nicht wieder ins Schloss gekommen. Spätnachts hatte er es verlassen, man hatte ihn förmlich abgeführt. Das Personal hatte sich dies und das erzählt: Johann habe sich mit Lutger von Stoltzenberg angelegt, sei unhöflich zu Frau Cehringer gewesen, die ihn darauf entlassen habe, erzählten die einen. Johann habe nur einen Tag vor seinem fünfzigjährigen Jubiläum selbst um seine Entlassung gebeten, behaupteten die anderen. Die meisten waren auf Johanns Seite, wenngleich die Besonnenen einräumten, dass er das Verbot von Haustieren gekannt habe. Man könne Frau Cehringer verstehen: Johanns Hund habe Herrn Ginneck gebissen, das sei keine Kleinigkeit. Jeder aus der Belegschaft fand die Entscheidung Stoltzenbergs übertrieben, aber das sagte natürlich keiner. Dass der Hund eingeschläfert werden sollte, fand man bedauerlich, andererseits hatte ihn Johann doch erst seit ein paar Tagen. Wie groß konnte sein Kummer schon sein? Mit der Tollwut war nicht zu spaßen.

Als Marcello den Bäckereiwagen durchrattern hörte, sprang er aus dem Bett und wusch sich. Auch er war an Bernhard Ginnecks Schicksal interessiert, der gewissermaßen der Auslöser für die nächtlichen Vorfälle gewesen war. Das Kalkül Juliane Cehringers hatte nicht zum gewünschten Ergebnis geführt, und Marcello profitierte davon. Eine Tür hatte sich letzte Nacht für ihn geöffnet. Alexandra hatte ihn geküsst. Zunächst hatte sie es vielleicht auf Befehl ihrer Mutter getan, war aber schließlich wehrlos dagegen gewesen, dass es ihr gefiel.

Marcello frisierte sein Haar nach hinten. Gut sah er aus, jung, kraftvoll, ehrlich, männlich. Er hatte große Pläne. Vor allem musste er mit Alexandra sprechen und sich ihrer Zuneigung versichern. Er musste aber auch mit Frau Cehringer sprechen: Marcello wollte Sonnbach weiterhin dienen, doch durch die Nähe zur Tochter des Hauses musste sich an seinem Dienstverhältnis etwas ändern. Er wollte Alexandra weiter im Fechten trainieren und mit ihr zu den Meisterschaften nach Stuttgart fahren, aber als Barmixer sah er sich nicht länger. Vielleicht wäre eine Position in der Verwaltung angemessen, besser noch eine repräsentative Tätigkeit.

Marcello schlüpfte in ein frisches Hemd und nahm seine beste Hose aus dem Schrank. Er scheute sich nicht, ein rotes Halstuch umzuschlingen. Währenddessen zauberte er in seiner Vorstellung die Küsse Alexandras auf seine Lippen zurück. Ach, Alexandra! Sie hatte sich ihm geöffnet – Alexandra! Sie hegte ähnliche Gefühle wie er. Beim Blick aus dem Fenster sprach er ihren Namen.

»Alexandra –«

Der Bäckereiwagen machte sich bereits auf den Rückweg. Dieselwolken spuckend, fuhr er unter dem Torbogen hindurch. Marcellos Zimmer erzitterte davon. Er nahm an, Florett und Degen heute nicht zu brauchen – Alexandra würde die Fechtstunde bestimmt ausfallen lassen. Nach einer Nacht wie dieser ging man nicht zur Tagesordnung über. Was Marcello Sorgen machte, war der verletzte Bernhard Ginneck. Einen Widersacher, der eine edle Tat begangen und damit Alexandras Mitleid geweckt hatte, konnte Marcello bei seinen Plänen nicht gebrauchen.

••••

Die Frühstücksbrötchen hatten ihren rasanten Weg abwärts in die Schlossküche genommen. Der Küchenchef legte sie in einen Korb, aus dem sie auf Silberkörbchen verteilt wurden. Rudolf nahm diese in weißen Handschuhen entgegen, kontrollierte die silberne Teekanne und die Zuckerdose und stellte eine Blumenvase auf das Tablett. Er machte sich auf den Weg ins Obergeschoss, hastete über die Treppe und den Korridor; heute sollte der Tee seinen Bestimmungsort heiß erreichen. Vor Juliane Cehringers Schlafzimmer begegnete er Fräulein Leonie, die ihm das Tablett abnahm. »Mach mir die Tür auf.«

Leonie trat ein. Von nebenan hörte sie lautes Gurgeln. »Julie, das Frühstück«, rief sie. »Und vorhin ist ein Telegramm gekommen. Ich lege es dir dazu.« Sie rückte Julianes Lieblingsstuhl an den Frühstückstisch.

Ungeschminkt, im Nachthemd kam Juliane Cehringer aus dem Bad. »Bist du sicher, dass der Doktor gesagt hat, dass man das Gurgelwasser schlucken soll?«

»Nein, das hast du gesagt. Ich glaube nach wie vor, dass es giftig ist.« Leonie setzte sich an die andere Seite des Frühstückstisches. »Wir müssen reden.«

»Ich weiß«, antwortete ihre Nichte bekümmert. »Aber nicht jetzt. Auf meinen Kopf muss ein Schwarzwaldfelsen gefallen sein. Ich brauche etwas Niederschlagendes. Und dann fahre ich in die Stadt.« Ein Blick aus dem Fenster. »Allerdings sehe ich mein Auto nicht auf dem Parkplatz.«

»Der Schwarzwaldfelsen ist nicht auf deinen Kopf gefallen, sondern auf den Borgward«, scherzte Leonie.

»Was willst du damit sagen?«

»Das Auto liegt in der Birkenschlucht. Der Bauer ist dabei, es mit dem Traktor herauszuziehen.«

»Wie ist es denn in die Birkenschlucht geraten?« Juliane nahm den ersten Schluck und verbrühte sich den Mund. Sie blies gegen ihre Lippe. »Johann soll kommen. Nur er kann Ordnung in dieses Wirrwarr bringen.«

»Johann kommt wahrscheinlich nicht mehr wieder.«

»Wieso? Wo ist er denn?« Mit einer langsamen Bewegung fasste Juliane an ihr Haarnetz. Die Vorgänge der letzten Nacht fielen ihr wieder ein, doch sie weigerte sich, ihren benommenen Kopf schon damit zu befassen. »Er wird doch nicht so dumm sein …«

»Du hast gestern den treuesten Menschen in diesem Haus zutiefst beleidigt.«

»Es war aber auch so viel los!«, verteidigte sich Juliane. »Alexandra und dieser schamlose Barmixer, dann der wild gewordene Hund und Stoltzenberg, der sich zu allem Übel als Gottvater aufgespielt hat … Da kann man schon mal die Nerven verlieren.«

»Du hättest Stoltzenberg in seine Schranken weisen müssen. Stattdessen hast du Johann das Altersheim angedroht.«

Juliane funkelte sie an. »Du hast mir doch dauernd in den Ohren gelegen, dass Johann zu alt sei und ich ihn in Rente schicken soll!«

»Aber nicht auf diese würdelose Weise. Nach fünfzig Jahren hat er sich etwas Besseres verdient.«

»Ich habe es ja nicht ernst gemeint«, entgegnete Juliane kleinlaut. »Er sollte lediglich diesen Hund …« Ängstlich sah sie die Tante an. »Wo ist das Tier übrigens?«

»Es wurde genau das ausgeführt, was du angeordnet hast.«

»Habe ich? Ich habe doch nicht …« Sie schluckte. »Du bist mit ihnen ins Tal gefahren. Was ist dort passiert?«

Leonie beschloss, ihrer Nichte noch keine Absolution zu erteilen. Die Erleichterung, dass der Hund durch Gastinger gerettet worden war, hatte sie nicht verdient.

»Dr. Gastinger hat sich des Tieres angenommen.«

»Herrje! Das war möglicherweise … voreilig.« Schuldbewusst sah sie die Tante an. »Und Johann?«

»Niemand weiß, wo er ist. Ich habe nach ihm suchen lassen. Er wurde weder im Schloss noch in der Stadt, auch im Krankenhaus nicht gesehen.«

»Was soll er denn im Krankenhaus?« Juliane nahm eine Semmel und biss hektisch hinein.

»Wegen Bernhard natürlich.«

»Bernhard, wieso? Der ist auf seinem Zimmer und schläft sich aus. Ich will sofort nach ihm sehen.«

»Spar dir den Weg. Otto und Alexandra haben ihn im Morgengrauen ins Krankenhaus gebracht.«

»Was heißt das jetzt wieder? Die Wunde ist versorgt worden!« Juliane sprang auf. Wie ein verunglückter Kreisel drehte sie sich um die eigene Achse. »Johann!«, rief sie, begriff, wie sinnlos das war, und sank auf den Stuhl zurück. »Wo ist Alexandra?«

»Auch sie wurde heute noch nicht gesehen.«

»Dort unten steht Ottos Mercedes. Also sind sie wieder zum Schloss hochgefahren.« Juliane fasste die Tante scharf ins Auge. »Sag bloß, Alexandra ist mit diesem Casanova zusammen.« Ein Blick zur Kaminuhr. »Normalerweise beginnt jetzt ihr Training. Ich will gar nicht wissen, was die zwei da unten *trainieren*.«

»Marcello habe ich bereits gesehen. Er sieht … verändert aus. Irgendwie so glücklich«, schickte sie hinterher.

»Willst du meine letzten Nerven ruinieren, Tante? Herr Montegiallo hat nicht glücklich auszusehen, zumindest nicht nach letzter Nacht!«

Leonie stand auf. »Am besten, du ziehst dich an und widmest dich einem Problem nach dem anderen.«

»Gibt es denn noch etwas?«, entgegnete Juliane alarmiert.

»Ich würde mal das Telegramm aufmachen.«

Juliane griff hin, hielt inne und zog die Hand zurück. »Mach du das. Sag mir, was drinsteht.«

»So ängstlich kenne ich dich gar nicht.«

»Verflixt, du hast recht.« Entschlossen riss Juliane das Kuvert auf. Sie las die wenigen Zeile. Las sie noch einmal, um sicherzugehen, dass sie alles richtig verstanden hatte. »*Király*? – Wer ist Király?«

»Wir haben einen Gast hier, der Király heißt«, antwortete Leonie. »Györgi Király, warum?«

»Wie es aussieht, will die Mutter dieses Király uns heute besuchen. Da sie befürchtet, dass wir ausgebucht sind, schickt sie das Telegramm.«

»Seine Mutter?« Leonie verstand genauso wenig wie Juliane.

»Sie schreibt, dass sie mich sprechen will. Merkwürdig, nicht?«

Während die Frauen sich über den Zettel beugten, hörte man aus der Ferne Geschützdonner. Kein Angriff stand bevor, es waren die Schweizer im Tal, die eine Generalprobe abhielten. Heute feierte die

Schweiz ihren Nationalfeiertag. Man wollte sichergehen, dass das Schießpulver in den Böllern trocken geblieben war. Die Detonationen drangen bis nach Sonnbach hoch. Wenn man in dieser Nacht auf die Kuppe steigen würde, von wo man über die höchsten Wipfel sah, konnte man bei klarem Wetter das Feuerwerk in Zürich sehen.

• 21 •

Aus der Großstadt

Alexandra streckte sich und gähnte. Sie musste endlich schlafen. Zwar war sie im Sessel neben Bernhards Bett eingenickt, aber durch die unbequeme Haltung fühlte sie sich wie gerädert.

Nachdem Dr. Gastinger die Wunde geöffnet und eine Drainage gelegt hatte, war das Fieber rasch gesunken. Der Veterinär hatte den Krankenwagen verständigt, der Bernhard zu jenen Ärzten brachte, die eigentlich für ihn zuständig waren. Obwohl Otto angeboten hatte, Alexandra zu begleiten, war sie allein mitgefahren und hatte den übermüdeten Freund ins Schloss zurückgeschickt.

»Ich könnte gleich in der Stadt bleiben«, hatte er zum Abschied gesagt.

»Wieso?«

»Weil mein Aufenthalt auf Sonnbach heute so oder so endet. Du hast mir ein Wochenende beschert, das ich nicht so schnell vergessen werde, Xandi.«

Sie hatte seinen Rücklichtern nachgesehen und

war in den Rettungswagen gestiegen. Nachdem der Doktor im Krankenhaus zugeben musste, dass der Tierarzt dem Patienten möglicherweise das Leben gerettet hatte, und nachdem Bernhard mithilfe eines Medikaments in einen Erholungsschlaf versetzt worden war, hatte man Alexandra nahegelegt, nach Haus zu fahren; sie könne hier nichts mehr tun. Trotzdem war sie den Rest der Nacht bei ihm geblieben.

Alexandra betrachtete den Schlafenden. Hätte man jemanden verständigen sollen, seine Familie, seine Freundin vielleicht? Alexandra wurde klar, wie wenig sie über Bernhard eigentlich wusste. Sie hatte ihn für einen unangenehmen Kerl gehalten, einen Egoisten, der anderen Menschen seinen Willen aufzwang. Und er hatte in den letzten Tagen wirklich alles getan, um dieses Vorurteil zu bestätigen. Aber plötzlich, durch einen Unfall, zeigte sich derselbe Bernhard einfühlsam und aufopfernd.

»Das war ziemlich außergewöhnlich, was du heute Nacht getan hast«, sagte sie leise. »Ich hätte nicht erwartet, dass dir ein kleiner Hund leidtun könnte oder ein alter Mann, dessen Herz gebrochen wäre. Dieser Hundebiss – so komisch das klingt – hat dich verändert, Bernie. Vielleicht auch mich. Eines ist jedenfalls sicher: Heute reist du ganz bestimmt noch nicht ab.« Sie verabschiedete sich von ihm mit einem zarten Kuss und verließ das Krankenhaus, um am Bahnhof ein Taxi ins Schloss zu nehmen.

Sonderbar war das, um diese frühe Stunde durch die kleine Stadt zu laufen. Ein Tagesbeginn auf Sonnbach sah anders aus. Frühmorgens liebte Alexandra ihr Zuhause am meisten. Oben auf dem Berg kam es ihr vor, als beginne die ganze Welt von Neuem. Die Nacht saß noch in allen Winkeln, Alexandra trank ihren ersten Tee und strich, die Tasse in der Hand, barfuß durch das jahrhundertealte Haus. Manchmal wurde sie von der Sonne überrascht, die im Schloss überall Ritzen fand, durch die sie ihre Strahlen sandte.

Die Ausblicke am frühen Morgen waren nach allen Seiten magisch. Im ersten Dunst erwachte die Festungsruine zum Leben, die im Mittelalter die Vorläuferin des späteren Schlosses gewesen war. In noch früherer Zeit hatte diese Hügelkette das Gebiet der Markomannen begrenzt, die dem Volk der Sueben angehörten, von denen sich die Schwaben ableiteten. Manchmal, wenn Alexandra den Farbenwechsel der aufsteigenden Sonne an den verfallenen Mauern beobachtete, sah sie dort den alten Paul sitzen, der täglich den Berg erklomm, um die Ruine zu malen.

Wie anders war dagegen ein Morgen in der Stadt mit ihrem herausgeputzten Fachwerk, den verkupferten Kirchtürmen und der berühmten Rathausuhr. Als müssten die Leute sämtliche Erledigungen in wenigen Minuten schaffen, hasteten sie an

Alexandra vorbei, den Blick auf die Straße geheftet. Auch auf dem Markt war den meisten ihre Geschäftigkeit anzumerken. Sogar die Schwarzwaldurlauber mit den bunten Hemden, hochgezogenen Stutzen und massiven Bergschuhen, mit denen sie Viertausender hätten besteigen können, strahlten die Absicht aus, heute viel zu *schaffen*.

Vor dem Bahnhof stand nur ein einziges Taxi. Alexandra lief darauf zu.

»Moment«, sagte jemand in ihrem Rücken. »Das ist mein Taxi.«

Überrascht wandte sich Alexandra um. »Ihres?« Sie erreichte den Wagen als Erste.

»Ich habe es zuerst gesehen«, antwortete eine Dame im Pepitakostüm. Diese Frau und ihre Kleidung erzählten etwas von Großstadt. Ihr Auftreten legte nahe, dass dieser Frau nicht oft widersprochen wurde. Seit Kindesbeinen ertrug Alexandra eine ähnliche Attitüde bei ihrer Mutter. Sie war allergisch dagegen.

»Sie haben das Taxi zuerst gesehen, aber ich bin als Erste hier«, antwortete sie und öffnete die hintere Tür.

»Ich habe eine dringende Besprechung.« Durch das Öffnen der anderen Tür machte die Dame klar, dass sie auf ihrem Vorrecht beharrte.

»Es kommt sicher gleich wieder ein Wagen.« Alexandra schwang sich auf den Rücksitz.

»Das Gleiche könnte ich sagen.« Die Frau setzte den Fuß ins Innere.

»Ich sitze schon drin.«

»Ich auch.« Schwungvoll nahm die Dame auf der anderen Seite Platz.

Der Fahrer, dem man den Morgenschlaf in den Augen noch ansah, blickte von einer zur anderen. »Das geht aber nicht.«

Die Fremde beachtete ihn gar nicht. »Ist das die berühmte Schwarzwälder Gastfreundschaft?«, stichelte sie gegen die Kontrahentin.

»Wohin soll es denn gehen?«, wollte der Fahrer wissen. »Ich meine, sobald Sie sich geeinigt haben.«

»Schloss Sonnbach«, sagten beide Frauen wie aus einem Mund und wandten sich einander überrascht zu.

»Sie – auch?«, fragte Alexandra.

»Sie etwa auch?« Das geschminkte Gesicht der Frau aus der Großstadt bekam etwas Versöhnliches. »Darf ich vorschlagen, wir teilen uns die Fahrt?«

»Darf ich Sie dazu einladen?«, entgegnete Alexandra genauso freundlich. »Ich muss so oder so ins Schloss und kann Sie gern mitnehmen.«

»Wie nett.« Die Dame hielt ihr die Hand hin. »Király, Ursula Király«, stellte sie sich vor.

»Ich glaube, wir haben gerade einen Gast dieses Namens.« Alexandra fand es immer wieder erstaunlich, dass die Frauen einer gewissen Schicht selbst im Sommer Handschuhe trugen. Zartgrüne Lederhandschuhe.

»Das ist bestimmt mein Sohn Györgi.«

Alexandra musste lachen. »Ich glaube, ich bin mit Ihrem Sohn im Moorwasser geschwommen.«

••••

Otto Türkheim saß beim Frühstück auf der Terrasse. Der überwiegende Teil der Festgäste war abgereist. Den Kellnern, die die Teller anrichteten, war die letzte Nacht anzumerken. Zugleich schien das Personal erleichtert, nun wieder im Normalbetrieb arbeiten zu können. Obwohl es schon auf halb zehn ging, wirkte die Frühstücksterrasse verwaist. Otto köpfte sein weiches Ei.

»Wenn du mir früher gesagt hättest, dass zur Zeit ein Király bei euch wohnt, hätte ich dir meine Neuigkeit eher mitgeteilt.«

Juliane trug eine dunkle Brille und einen runden Hut, dem man nicht ansah, dass sich darunter ein Eisbeutel verbarg. Wie ein lichtscheues Tier duckte sie sich unter dem Sonnenschirm, während Otto in der prallen Sonne saß.

»Ich kann heute nur noch gute Nachrichten gebrauchen, Otto.« Sie nahm einen Schluck Kamillentee. »Bitte erzähl mir eine gute Nachricht.«

»Wie wäre es mit einer geheimnisvollen Nachricht?«, begann er diplomatisch.

»Was ist an dem Ungarn, der alle Sätze so komisch verdreht ausspricht, geheimnisvoll?«

Er salzte das Ei. »Wir sollten György Király nicht unterschätzen.«

»Wir? Was hast du denn damit zu tun?«

»Meine Kanzlei übernimmt notarielle Beglaubigungen im Landkreis, wie du weißt. Ich habe für die Firma G.U.K. einige Grundstücksangelegenheiten beglaubigt.«

Juliane schob die Sonnenbrille nach unten und sah ihn über den Rand an. »Wenn deine Geschichte so spannend weitergeht, bin ich in wenigen Minuten eingeschlafen.«

»Du wirst gleich aufwachen.« Er probierte von der Marmelade und verzog den Mund.

»Was ist?«

»Die schmeckt pelzig.«

»Das ist Hagebutte.« Sie verdrehte die Augen. »Viele Gäste beschweren sich darüber. Mein verehrter Küchenchef hat ein ganzes Fass davon eingekocht.« Sie winkte dem Kellner. »Ich lasse dir etwas anderes bringen.«

»Bemüh dich nicht. Ich habe nur noch ein paar Minuten Zeit.« Er hielt ihre winkende Hand fest. »Als ich die neuesten Eintragungen im Grundbuch gelesen habe, ist mir aufgefallen, dass die Firma

G.U.K. mehrere Parzellen rund um euer Schloss aufgekauft hat.«

»Die meisten Wiesen und Felder in der Umgebung sind im Familienbesitz der hiesigen Bauern.«

»Offenbar haben diese Bauern verkauft, weil der Kaufpreis gestimmt hat. Inzwischen liegen mir mehrere Umwidmungsanträge vor. Dein Anwesen ist nach allen Himmelsrichtungen von Grundstücken eingekreist, die mittlerweile der G.U.K. gehören.«

»Was ist das für ein Unternehmen? G.U.K. – was soll das überhaupt heißen?«

»Es steht für *Györgi – Ursula – Király.*«

Juliane konnte sich keinen Reim darauf machen. »Und was wollen die Ungarn im Schwarzwald?«

»Ursula Király ist Deutsche. Das Unternehmen hat seinen Sitz in Frankfurt. Ihr Mann leitet das Ganze von Budapest aus.«

»Kannst du mir bitte verraten, was du hinter diesen Grundstückskäufen vermutest?«

»Du hast mir von deiner wirtschaftlichen Lage erzählt, Julie. Könnte es nicht sein …?« Otto unterbrach sich und hob den Blick. Juliane drehte sich um.

»Frau Cehringer?«

»Was ist denn, Marcello?«, fragte sie irritiert.

»Könnte ich Sie bitte sprechen?«

»Jetzt?«

»Nur, wenn es Ihnen passt.«

»Natürlich passte es mir nicht. Sie sehen, ich bin im Gespräch.«

Nach einem Blick auf die Uhr legte Türkheim die Serviette auf den Tisch. »Ich fürchte, wir müssen später darüber reden, Julie.« Er stand auf. »Wenn ich meine Kanzlei noch einen weiteren Tag im Stich lasse, wäre das geschäftsschädigend.«

»Du kannst doch jetzt nicht einfach … Otto!«

»Ich rufe dich heute Nachmittag an.« Er küsste ihr die Hand und eilte über die schmale Treppe zum Parkplatz.

»Dann haben Sie also doch Zeit«, sagte Marcello optimistisch.

»Was wollen Sie denn, Montegiallo? Wo ist Alexandra? Das Fechttraining müsste längst vorbei sein.«

»Sie ist heute nicht zum Training gekommen.«

»Nicht?« Mit einem Ausdruck der Erleichterung tauchte Juliane aus dem Schatten des Sonnenschirmes auf. »Sie haben sie gar nicht gesehen? Nicht mit ihr gesprochen?«

»Seit gestern Abend nicht mehr, Frau Cehringer«, antwortete er aufrichtig.

Gelassen langte Juliane über den Tisch und nahm sich ein Stück Käse, das Otto übrig gelassen hatte. »Das freut mich zu hören. Was kann ich denn für Sie tun, Marcello?« Sie nahm die Sonnenbrille ab.

• 22 •

Den höchsten Berg

»Setz dich. Mach es dir bequem.« Johann sank auf das schmale Bett. »O weh, die Matratze.« Er wippte auf und ab. »Die ist zu weich. Das gibt Kreuzweh, das kann ich dir sagen.«

Als wollte Wutzel die Matratze ebenfalls einer Prüfung unterziehen, sprang er hoch.

»Das sieht die Wirtin bestimmt nicht gern. Aber ich verrate dich nicht.«

Johann sah sich um. An dem Zimmer gab es nichts auszusetzen, es hatte Waldblick und sogar einen kleinen Balkon. Ob den irgendjemand benutzte? Die Tannen standen so dicht davor, dass das Zimmer ziemlich düster war.

»Es ist ja nur vorübergehend«, sagte er zu sich selbst.

War es das? Am Tag vor seinem fünfzigjährigen Dienstjubiläum musste sich Johann ein Zimmer nehmen. *Pension Amselnest* hatte einen guten Ruf, aber mit seinem geliebten Zimmer im Schloss war das hier nicht zu vergleichen. Johann hatte entschieden, in der Nähe zu bleiben. Nur eine Hügelkuppe trennte ihn von Sonnbach. Falls man ihn rufen sollte, konnte er in Kürze drüben sein. *Falls*, dachte er. Frau Cehringer würde ihn nur ohne den Hund wieder aufnehmen, von dem sie annehmen musste, er sei tot. Aber Johann würde sich von Wutzel nie wieder trennen, das sagte ihm sein Herz, zugleich sein Stolz. Er wollte keine Entschuldigung und kein Almosen in Form einer Pension. Nur Wutzel wollte er.

Johann streichelte den Hund. »Wir zwei kommen in letzter Zeit ganz schön herum.« Er erntete einen fragenden Blick. »Ich weiß, dir gefällt es hier nicht so besonders. Na, wenigstens haben wir ein Dach über dem Kopf.«

Wutzel sprang vom Bett, lief auf den Balkon und hielt die Schnauze in den Wind. Johann folgte ihm ins Freie.

»Du bist ein kluges Tier. Recht hast du: In dieser Richtung liegt Sonnbach. Wenn ich könnte, würde ich mit dir dorthin laufen. Aber es hilft ja nichts. Wir müssen warten.«

Er ließ sich auf den Klappstuhl sinken. Mitten am Tag zu faulenzen behagte Johann ganz und gar nicht. Es gab so viel zu tun. Mehrere Abreisen standen heute an. Da die Gäste es mit der Aufbruchszeit nicht so genau nahmen, mussten die Zimmer in Windeseile geputzt und fertig gemacht werden. Mit den Forellen vom Titisee gab es ein weiteres

Problem. Sie waren zu früh geliefert worden und mussten dringend serviert werden. Wenn zu wenige Gäste Forelle bestellten, kam die Küche in Schwierigkeiten. Johann sah es als seine Aufgabe an, zur Essenzeit durch den Speisesaal zu streichen und den Urlaubern Tipps zu geben: *Die Forelle ist ein Gedicht, gnädige Frau. – Sie sollten unsere Forelle, in Butter gebraten, mit Mandelsplittern probieren. – Wenn es etwas Leichtes sein soll, Herr Direktor, dann Forelle Müllerinart.* – Johann schmeichelte sich, vieles auf Schloss Sonnbach in die rechten Bahnen zu lenken, ohne dass die Gelenkten etwas davon merkten.

Manchmal gelang ihm das sogar mit Frau Cehringer, wenn er zum Beispiel Rudi, den Lehrjungen, protegierte oder ein Zimmermädchen schützte, das sich wegen ihrer schlechten Zähne zum dritten Mal krankmeldete. Man nannte Johann den guten Geist von Sonnbach. Er fand diesen Titel nicht übertrieben.

Vermisste man den guten Geist inzwischen, fragte er sich auf dem Klappstuhl im *Amselnest.* Er wusste, wie schnell jemand zu ersetzen war. Als Frau Cehringers Mann überraschend gestorben war, hatten die meisten geglaubt, das sei das Ende für Sonnbach und Juliane würde bald verkaufen müssen. Sie hatte Hubert nicht ersetzt, sie war einfach in seine Fußstapfen getreten. Rechtsanwalt Türkheim hatte sie dabei unterstützt. Mehrmals schon hatte Sonnbach vor dem Ruin gestanden, doch ein Schutzengel schien über dem Haus zu schweben: Jedes Mal hatte Juliane das Schlimmste abgewendet.

Johann hielt es in der ungewohnten Rentnerposition nicht lange aus. Alt war er, natürlich, aber noch lange nicht überflüssig. Man brauchte ihn, man musste ihn brauchen, dachte er mit verzweifeltem Stolz.

»Wir gehen noch einmal hinaus.« Er hievte sich vom Klappstuhl hoch. »Ich weiß, du musst noch gar nicht. Aber ich muss! Muss über den Hügel gehen und einen Blick auf mein geliebtes Schloss werfen. Sonst werde ich wahnsinnig.«

Wutzel hörte ihm nur zu.

»Brauchen wir die Leine?« Johann hielt das Seil in der Hand. Wutzel äußerte sich nicht dazu. »Als Nächstes kriegst du eine richtige Leine aus Leder, wie sich das für einen so braven Hund gehört.« Er legte das Seil weg. »Ich glaube, es geht auch ohne. Bleib in meiner Nähe.« Er nahm seine Jacke. Gemeinsam stiegen sie die Treppe des *Amselnests* hinunter. Im Erdgeschoss hatte die Wirtin das Radio laufen. Sie hörte nicht, dass ihr neuer Gast in den Wald ging.

••••

Obwohl sich Juliane nicht erklären konnte, was die Firma G.U.K. von ihr wollte, war ein Treffen mit Frau Király und Sohn für kommenden Morgen angesetzt worden. Juliane war Otto dankbar, dass er bei der Unterredung dabei sein wollte. Alexandra hatte ihrer Mutter von der selbstbewussten Deutschen mit dem ungarischen Namen berichtet, die auf der Taxifahrt Fragen gestellt hatte, die das Schloss betrafen. Alexandra war überrascht gewesen, wie präzise sich eine Schwarzwaldtouristin über ihr Urlaubsziel informierte. Von Juliane wusste sie inzwischen, dass wohl mehr als ein *Urlaub* dahintersteckte.

Alexandra ging auf ihr Zimmer, um mit dem Krankenhaus zu telefonieren. Mehrmals hatte sie schon angerufen, ohne zur richtigen Abteilung durchgestellt worden zu sein.

»Der behandelnde Arzt heißt Mesereg, das habe ich schon Ihrer Kollegin beim Empfang erklärt. – Nein, der Patient heißt nicht Mesereg, sondern Ginneck. Dr. Mesereg ist Dermatologe, Herr Ginneck liegt allerdings auf der chirurgischen Abteilung, weil seine Wunde … Was? – Sekunde, nein, bleiben Sie dran! – Himmel, Arsch und Zwirn«, fluchte Alexandra.

»Arbeitest du noch?«

Sie fuhr erschrocken zusammen. Hatte Marcello nicht geklopft oder hatte sie es überhört?

»Was ist denn?«, entgegnete sie, den Hörer am Ohr.

»Ich wollte nach dir sehen«, antwortete er harmlos.

»Du kommst sonst nie zu mir rauf.«

»Ich dachte, heute mach ich das einfach mal.« Lächelnd kam er näher.

Dass Marcello lächelnd näher kam, fand sie sonderbar. Dieses Lächeln gehörte zu dem Gefühl von gestern Nacht. Es war aber nicht mehr gestern Nacht. Alexandra trug jenes Gefühl noch in sich, und das irritierte sie. Marcello sollte nicht näher kommen, nicht auf diese Weise, er sollte nicht lächeln. Liebend gern hätte sie ihn wieder so behandelt, wie sie ihn bis zum letzten Abend behandelt hatte, aber irgendwie ging das nicht mehr. Sie hatte Angst vor dem nächtlichen Gefühl. Es wurde wieder Abend, die richtige Zeit für das Gefühl. Aber nicht jetzt. Darum sagte sie: »Ich erkundige mich gerade nach Bernhards Zustand.«

»Du hast mit dem Krankenhaus gesprochen?« Er erreichte den Schreibtisch. »Wie geht es ihm?«

»Letzte Nacht ging es ihm hundsmiserabel. Aber inzwischen bessert sich sein Zustand. Er ist dort in guten Händen.«

»Das freut mich zu hören.« Er zeigte auf das Telefon. »Willst du nicht auflegen?«

»Ja, das ist wohl …« Unentschlossen ließ sie den Hörer sinken. »Ich versuche es später noch einmal. Du hast mir noch nicht gesagt, was du willst.«

»Ich habe mit deiner Mutter gesprochen.«

»Aha? – Ich spreche täglich mit ihr.« Alexandra versuchte, den flapsigen Ton wiederzufinden, mit dem sie und Marcello sonst kommunizierten.

»Wir haben uns über die Zukunft unterhalten«, fuhr er unbeirrt fort.

»Was für eine Zukunft?«

»Meine.«

»Was ist damit?« Das Gesprächsthema gefiel ihr nicht, genauso wenig wie die Situation: Er und sie allein in ihrem Zimmer. Seine warmen Augen gefielen ihr immer noch, auch das Grübchen am Kinn, die dunklen Haare auf dem Unterarm, sogar die Unverschämtheit, mit der er sich an den Schreibtisch lehnte.

»Was machst du heute Abend?«, fragte er, statt ihr zu antworten.

»Vielleicht fahre ich noch mal ins Krankenhaus. Der Borgward steht wieder auf dem Parkplatz. Außer einer argen Beule scheint nichts passiert zu sein.«

»Ach, der Borgward.« Er lachte. »Weißt du noch, wie du gestern …?«

»Ja, ich weiß es noch. Du brauchst es mir nicht unter die Nase zu reiben.«

»Ich fand es schön.«

»Ich fand es schrecklich.«

»Als wir im Heidelbeerkaut saßen?«

»Als ich die Böschung runtergesaust bin. Gott sei Dank ist nichts passiert.«

»Gar nichts?« Er beugte sich vor. »So würde ich das nicht sehen.«

»Wie meinst du das?«

Er beugte sich noch weiter vor.

»Marcello, nicht.«

»Wir sind gestern unterbrochen worden.« Wie tief seine Stimme auf einmal klang. »Ich fände es schön, mit dir …«

»Ich weiß, was du schön fändest.« Sie wandte den Kopf ab.

»Du lässt mich nicht ausreden. Ich fände es schön, wenn wir zusammen essen gehen.« Er versuchte nicht, sie zu küssen.

Wieso versuchte er nicht, sie zu küssen? »Essen *gehen*?«, fragte sie verwirrt. »Wir können doch hier oben …«

»Nicht auf dem Schloss, nicht so wie immer. Ich habe meinen freien Abend und wollte dich zum Italiener einladen.«

»In die Stadt?« Sie holte Luft.

»Und auf dem Weg dorthin schauen wir bei Bernhard vorbei.«

»Zusammen?«

»Warum nicht? Ich mag ihn.«

Weshalb eigentlich nicht, überlegte Alexandra. Bernhard sollte sich nicht einbilden, dass sie ein besonderes Interesse an ihm hatte. Es sollte ein gewöhnlicher Krankenbesuch werden, und am besten unterstrich sie das, wenn sie nicht allein zu ihm kam.

»Einverstanden.« Sie stand auf.

»Du gehst mit mir essen?«, fragte er sichtlich verblüfft.

»Ich fahre mit dir ins Krankenhaus. Wir sagen Bernhard guten Tag.«

»Wie schön«, rief er fröhlich. »Und nachher gehen wir essen.«

»Einen Happen, von mir aus.« Sie lief ans andere Ende des Zimmers und tat, als suche sie etwas im Bücherregal.

»Wie viel Uhr?«, rief er.

»Um sieben.« Sie zog ein Buch heraus und blätterte darin.

»Dann erwarte ich dich also um sieben – wo?«

»Beim Borgward natürlich.«

Marcello eilte hinaus. Alexandras Herz klopfte. Jetzt erst merkte sie, dass sie das Buch verkehrt herum hielt.

• 23 •

Absolute Ruhe

Das war doch zu dumm, wegen eines Hundebisses im Krankenhaus zu liegen! Mit einer Mischung aus Ungeduld und gekränktem Stolz versuchte sich Bernhard auf die Seite zu drehen. Dieser Dr. Mesereg hatte ihn in ein Gestell gezwängt. »Die Wunde darf die nächsten vierundzwanzig Stunden nicht bewegt werden«, lautete seine unmissverständliche Anweisung.

Dabei wünschte sich Bernhard nichts mehr, als *bewegt* zu werden, und zwar aus dem Schwarzwald nach Frankfurt am Main. Wegen eines kleinen aufgeregten Hundes sollte er alle seine Termine verschieben? Doch das Problem schien unlösbar, denn das Krankenhauspersonal wollte ihm keinen Telefonapparat ins Zimmer stellen. Er brauche absolute Ruhe, lautete deren gebetsmühlenartig vorgetragene Begründung. Alle bis auf Oberschwester Agathe beteten ihm das vor. Mit dieser Frau konnte man reden. Bernhard wartete, bis er mit ihr allein war.

»Schwester Agathe – «

»Versuchen Sie es nicht einmal, Herr Ginneck«, antwortete sie resolut, während sie sein Krankenblatt auf den letzten Stand brachte.

»Schwester Agathe, ich habe eine Firma.«

»Die jetzt eben ohne Sie auskommen muss.«

»Ich habe ein Flugzeug auf der Wiese«, probierte er es anders.

»Was haben Sie?«

Meine *Dexter 886* steht auf einer Weide im Wald. Heute hätte ich die Maschine besteigen und nach Frankfurt fliegen sollen. Stattdessen habe ich hier euren Vanillepudding gelöffelt.«

Oberschwester Agathe schenkte ihm ein Lächeln. »Unser Vanillepudding ist ausgezeichnet. Ich hatte selbst eine Portion.«

»Ich muss nach Hause, Schwester, so schnell wie möglich. Fliegen kann ich nicht, aber ich muss wenigstens mit meinem Büro sprechen. Meine Assistentin soll einen Krankentransport nach Frankfurt organisieren, dann seid ihr mich hier in Nullkommanichts los.«

»Ist das alles, was Sie besprechen wollen?« Agathe musterte ihn skeptisch. »Keine Geschäftsgespräche?«

»Ich denke nicht im Traum daran.« Er gab seinen Augen einen ehrlichen Glanz.

Agathe wiegte den Kopf. »Morgen nehmen wir Ihnen das Gestell ab. Danach sind Sie transportfähig.«

»Ausgezeichnet. Bitte lassen Sie mich die Sache organisieren.«

Schwester Agatha hängte das Krankenblatt ans Fußende. »Sie sind so einer, der nicht lange still halten kann, habe ich recht?«

»Und Sie sind jemand, der das versteht.«

Eine halbe Stunde später stand ein Telefon auf Bernhards Nachttisch. Er hielt Wort, keine Geschäftsgespräche, Bernhard erkundigte sich nur nach dem Aktuellsten. Es ging ihm besser. Die Hoffnung auf baldige Entlassung ließ ihn den Schmerz fast vergessen.

Nicht nur aus beruflichen Gründen wollte er fort, sondern fort aus Sonnbach und von Alexandra. Einmal bei einer Frau, die einem viel bedeutete, zu scheitern, war schlimm genug. Aber gleich zweimal? Bernhard hatte Zeit zum Nachdenken gehabt. Die nächtliche Episode mit ihr im Turmzimmer war zauberhaft gewesen, unterm Strich bedeutete sie aber nur eines: Mitleid. Alexandra bedauerte Bernhard wegen des Hundebisses, aber das war es nicht allein. Wenn man einen Menschen einmal gerngehabt hatte, tat es einem leid, ihm sagen zu müssen, dass es inzwischen einen anderen Menschen gab, einen Fechter, einen feurigen Südländer, jemanden, der im Grunde besser zu Alexandra passte. Bernhard war fast zehn Jahre älter als sie; was hatten sie schon für Gemeinsamkeiten? Sie stritten ständig. Das Gewisper letzte Nacht im Turmzimmer, bei dem er von Schmerztabletten halb betäubt gewesen war, bedeutete nichts. Bernhard liebte die Prinzessin von Schloss Sonnbach, aber die Aussichtslosigkeit seiner Liebe tat mehr weh als jeder Hundebiss. Je weiter er sich von ihr fortbewegte, desto besser. Der Schmerz, hoffte er, würde exponentiell zur Entfernung abnehmen.

»Morgen ist Schluss mit der Schwarzwaldprinzessin«, sagte er in sein stilles Zimmer.

Es klopfte.

»Darf man?«, fragte eine Stimme, die Bernhards Herz sofort schneller schlagen ließ.

Konnte sie Gedanken lesen? Spürte sie, dass er an sie dachte? Hatte sie an ihn gedacht? Bernhard erinnerte sich, wie er im Taxi in ihrem Schoß gelegen hatte, wie nett und lieb sie zu ihm gewesen war. Man hatte ihm erzählt, dass Alexandra, während er ohne Bewusstsein ins Krankenhaus gebracht worden war, bei ihm blieb. Dass sie stundenlang an seinem Bett gesessen hatte. Und jetzt kam sie wieder, kam ihn besuchen. Die Fahrt vom Schloss dauerte eine halbe Stunde, aber sie nahm sich die Zeit!

Draußen erlosch der Tag, der Abend dämmerte herauf, Alexandra betrat sein Zimmer. Vielleicht hatte er sich doch getäuscht, vielleicht empfand sie ja doch …

»Herein«, rief er mit einer Stimme, die zeigen sollte: Mir geht es blendend.

Die Tür öffnete sich langsam. Der geliebte blonde Schopf tauchte auf, das bewunderte Gesicht, die reizende Frau in einem Sommerkleid voller Blumen.

»Alex …«, begann er und verstummte sofort wieder. Denn hinter ihr erschien ein weiterer Haarschopf, dazu ein braun gebranntes Gesicht dicht hinter Alexandra. Möglicherweise hielten sie einander sogar bei den Händen.

»Hier faulenzt du also den ganzen Tag, während wir uns oben große Sorgen um dich machen«, sagte sie zur Begrüßung.

Wir, dachte Bernhard. Sie machte sich nicht mehr allein Sorgen, sie sorgte sich zusammen mit Marcello. An seiner Seite fuhr sie vom Berg herab, Hand in Hand traten sie ein, beide mit diesen grinsenden Gesichtern, wie junge Liebespaare sie hatten.

»Ach, sieh mal an.« Der Satz war das Äußerste an gewahrter Fassade, was Bernhard aufzubringen vermochte. »Der talentierte Marcello ist auch da.« Klang das zu ironisch, vielleicht gar aggressiv? Ließ sich Bernhard zu leicht in die Karten schauen?

»Na, hör mal«, entgegnete Marcello sonnig. »Gestern hast du noch fünf Fußballtore geschossen, heute haben sie dich in dieses Ding geschnallt.« Ungeniert zog er einen Stuhl heran und bot Alexandra an, darauf Platz zu nehmen. »Da will ich doch sehen, wie es um dich steht.«

Er benahm sich schon wie ihr Verlobter! Bernhard

wollte nicht wie ein Häufchen Elend daliegen und setzte sich auf. Der Schmerz belehrte ihn, dass er das lieber bleiben lassen sollte.

»Tut es immer noch so weh?«

»Es geht schon.« War Alexandras Besorgnis echt? »Nur wegen einer Stippvisite seid ihr den ganzen Weg heruntergefahren?«

»Nein, wir gehen essen«, antwortete Marcello an Alexandras Stelle.

Diese Ankündigung schien ihr nicht recht zu sein, bemerkte Bernhard. »Eine gute Idee. Das würde ich jetzt auch lieber tun, als hier Haferschleim zu löffeln.«

Alexandra sah ihn an. Mehr noch, sie sah ihm an, dass ihm Marcellos Satz wehgetan hatte. Warum besaßen selbst junge Frauen diese Fähigkeit, tief ins Herz eines Mannes zu schauen? »Ich weiß noch gar nicht, ob wir essen gehen.« Sie setzte sich und nahm Bernhards Hand. »Ich bin eigentlich gar nicht hungrig. Vielleicht bleibe ich lieber hier, und du gehst allein ins *Quattro formaggi*«, sagte sie in Richtung Marcello.

Eins zu null für mich, dachte Bernhard, während das Gesicht des Kontrahenten blasser wurde.

»Wir hatten doch ausgemacht …«, gab Marcello zu bedenken.

»Ich weiß«, entgegnete sie. »Aber schließlich ist das ja keine Staatsaktion, eine Pizza zu essen.« Sie zwinkerte Bernhard zu.

Warum tat sie das? Was sollte das kapriziöse Ballett, das Alexandra zwischen ihnen aufführte? Er hatte keine Lust, diesen Tanz mitzumachen.

»Ach, Unsinn. Was willst du denn in dem muffigen Zimmer? Draußen beginnt der schönste Abend. Du wirst dich in den Gastgarten setzen, und Marcello kennt bestimmt den besten Wein im *Quattro formaggi.*« Er tätschelte ihre Hand so väterlich, dass er ein bisschen stolz auf seine Raffinesse war.

»Na gut.« Alexandra zog ihre Hand zurück. »Wenn du nicht mit mir plaudern willst, machen wir das genau so, wie du vorschlägst.«

Schon tat es ihm leid. Er wünschte sich ja nichts inniger, als mit ihr hier zu sein, sie würden leiser und leiser sprechen, während es im Zimmer langsam dunkel wurde. Du Idiot!, beschimpfte sich Bernhard, doch der Moment war vertan. Alexandra stand auf und strich ihr Kleid glatt.

»Angenehme Nachtruhe, Bernie«, sagte sie. »Wann wird hier das Licht abgedreht?«

»Um neun.«

»Die Ruhe tut dir gut«, sagte sie mütterlich, warf ihm eine Kusshand zu und hakte Marcello unter. »Wollen wir?«

»Natürlich«, murmelte der Fechtlehrer überfordert von so viel Weiblichkeit. »Alles Gute, Bernhard. Wann wirst du entlassen?«

»Morgen.«

»Und was sind dann deine Pläne?«

»Ich muss nach Frankfurt. So schnell wie möglich.«

• 24 •

Salbei und Nachtschatten

Johann wälzte sich aus dem Bett. An Schlaf war auf dieser Matratze nicht zu denken. Wutzel schien das nichts auszumachen, zusammengerollt lag er am Fußende. Auf nackten Füßen tappte Johann auf den Balkon. Das Nachthemd war zu dünn für die nächtliche Temperatur, das erstaunte ihn. Denn obwohl Sonnbach höher lag als das *Amselnest*, fror er dort um diese Jahreszeit nie. Es musste mit dem nahen Wald zu tun haben, dass sich das Haus tagsüber nicht erwärmte.

Fröstelnd verschränkte er die Arme. Wenn Rudolf, der Lehrling, nicht so ein netter Bursche wäre, hätte Johann weder Nachthemd noch Zahnbürste gehabt. Die Amselwirtin hatte im Schloss angerufen, eine Stunde später war Rudolf mit dem Gewünschten aus Johanns Zimmer hier aufgetaucht. Er hatte dem Jungen eingeschärft, nicht zu verraten, wo Herr und Hund sich aufhielten. Frau Cehringer sollte sich ruhig Sorgen machen und erkennen, wie sich das anfühlte, wenn der gute Geist des Schlosses fehlte.

Ein Dauerzustand war das allerdings nicht.

»Tagsüber habe ich nichts zu tun, und nachts kann ich nicht schlafen«, flüsterte Johann, hielt die Nase in den Wind und schnupperte. Plötzlich erkannte er es. »Salbei. Wilder Salbei.« Den würde er morgen pflücken und dem Küchenchef nach Sonnbach bringen. Wilder Salbei hatte einen anderen Geschmack als gezüchteter. Kaum etwas schmeckte zu Schupfnudeln oder Spätzle besser als gebratene Salbeiblätter. Ihm fiel ein, dass er den Küchenchef morgen gar nicht sehen würde. Nun, man konnte die Blätter ja trocknen.

Sah so sein neues Leben aus?, dachte Johann beklommen. Er würde Spaziergänge mit dem Hund machen und im Wald Kräuter sammeln? Nie hatte er sich Gedanken über die Einsamkeit gemacht, doch kaum verbrachte er eine Nacht nicht im Schloss, überfiel ihn das Gespenst mit aller Macht.

Johann hatte nie geheiratet, seine Liebschaften in der Jugend waren nicht der Rede wert. Mit Maria hätte es etwas werden können, aber tief im Inneren hatte Johann früh gewusst: Er war ein Hagestolz. Die meisten Männer brauchten das, eine Schulter zum Anlehnen, eine Gesprächspartnerin, das Gefühl, nicht allein im Bett zu liegen. Zusammen schaffte man mehr, zusammen verdiente man mehr, das waren gute Gründe, um die Zweisamkeit zu suchen. Nicht für Johann. Seine Heimat war Sonnbach, sein Zuhause die Familie, der er in dritter Generation diente.

In plötzlicher Panik schnappte er nach Luft. Das alles konnte unmöglich vorbei sein! Bitte nicht, dachte er. Noch so eine Nacht, vielleicht viele solcher Nächte wollte er nicht erleben.

Leises Winseln machte ihm klar, dass Wutzel das Fehlen des Herrchens im Bett entdeckt hatte. Der Hund kam heraus, setzte sich vor Johann und sah ihn an.

»Habe ich dich geweckt?« Er streichelte ihn. »Erzähl mir nicht, dass du auch nicht schlafen kannst. Dir ist die weiche Matratze egal.« Ein kurzes Winseln. »Verstehe, da du schon einmal wach bist, willst du dich erleichtern. Aber so kann ich doch nicht rausgehen. Ich sehe ja aus wie der Geist vom Schwarzwald. Andererseits –«

Er verließ den Balkon, stellte seine Schuhe vor das Bett, setzte sich, schlüpfte ohne Socken hinein und band die Schnürsenkel. »Andererseits, wer soll uns um halb drei Uhr morgens schon zusehen?« Wutzel saß wieder vor ihm. »Die Leine nehme ich aber nicht mit.«

Damit war Wutzel einverstanden.

Leise drehte Johann den Zimmerschlüssel herum, öffnete die knarrende Tür und setzte auf der knarzenden Treppe Fuß vor Fuß. Er betete, dass die Amselnestwirtin einen tiefen Schlaf hatte. Sobald sie im Freien waren, bewegte er sich schneller.

Der alte Mann im langen weißen Nachthemd, mit

den schwarzen Halbschuhen lief mit weit ausholenden Schritten in den Wald. Sein Hund gebärdete sich noch glücklicher. Wutzel sprang hierhin und dahin, schnupperte überall, dass es eine Freude war, markierte alle möglichen Bäume und kehrte wieder zu seinem erleuchteten Herrn zurück. Johann leuchtete, denn der Halbmond beschien sein blütenweißes Hemd. Sie liefen zusammen durch den moosigen, felsigen Wald.

»Das ist Salbei.« Johann bückte sich. »Und das –« Er streckte die Hand nach dem Nachtschatten aus, der den wilden Salbei umwucherte. Kaum berührte er die krautige Blüte, zog sie sich in sich zurück. Johann pflückte einige Salbeiblätter und roch daran. »Die bringe ich morgen dem Küchenchef.«

Wutzel war an Salbei nicht sonderlich interessiert, er folgte lieber der Fährte eines Rehs.

»Ich werde diesen Salbei unserem Küchenchef nach Sonnbach bringen!«, rief Johann mit erhobener Stimme. Er richtete sich auf und erklomm einen Baumstumpf. Wie ein Erzengel stand die weiße Gestalt im Wald.

»Und wenn ich morgen in Sonnbach bin, wird die Sache durchgekämpft! Ich will diesem Haus weiter dienen. Und ich will meinen Hund behalten. So wird es sein, so muss es sein!«

Bemerkte Johann, dass er gerade den Himmel beschwor, dass er die Sterne anrief, die zwischen den

Baumwipfeln funkelten, dass er, als er sein Alles-oder-Nichts hinausschrie, eine höhere Macht zum Komplizen machte?

Der alte Mann kannte keinen Zwang mehr und keine Abhängigkeit, sein Weg lag deutlich vor ihm. Der kleine Hund betrachtete den Erzengel voll Bewunderung.

••••

»Gute Nacht.« Marcello stieg aus.

»Gute Nacht.« Alexandra fuhr den Borgward auf die andere Schlossseite.

Ohne sich noch einmal umzudrehen, ging er zur Toreinfahrt und hinauf in sein Zimmer. Ohne sich noch einmal umzusehen, umrundete Alexandra das Schloss und hielt unter dem Vordach. Sie stellte den Motor ab. Sie atmete ein, sie atmete aus, doch sie beruhigte sich nicht.

Wie war es nur so weit gekommen? Nach dem Essen hatten sie und Marcello beschlossen, die Aussichtsplattform anzusteuern, von der aus man auf die Stadt, den Rhein und bis hinüber in die Schweiz sehen konnte. Die vielen Lichter, die warme Augustnacht, im Auto hatten sie sich geküsst, so lange und ausgiebig, bis die Scheiben beschlugen. Mittendrin hatte Marcello aufgehört.

»Was ist los?«, hatte sie gefragt.

»Wo bist du denn?«

»Bei dir«, antwortete sie.

»Nein, da bist du nicht.«

Er war ausgestiegen und hatte sich eine Zigarette angezündet. Marcello rauchte normalerweise nur, wenn er hinter der Bar eine Pause brauchte. Dann lief er ins Freie und paffte.

Alexandra ging ihm nach. Sie suchte nach einem unverfänglichen Thema. »Bei uns oben ist es jetzt schon kühler. Im Tal kühlt es nachts nicht so stark ab.« Sie drängte sich in seinen Arm. »Was ist denn?«

»Seit Bernhard von dem Hund gebissen wurde, bist du anders.«

»Unsinn. Was du dir einredest.« Sie wollte ihm die dummen Gedanken wegküssen. »Es ist doch bisher alles prima mit uns.«

»Prima?« Er schob sie weg. »Was uns verbindet, findest du *prima*?«

»Was verbindet uns denn?« Das war die falsche Frage. Sie sah es ihm sofort an. »Wir haben eine Pizza gegessen, das kann man doch nicht *Verbindung* nennen.«

»Du weißt, was ich meine.«

»Weiß ich das?« Allmählich wurde sie ärgerlich. Warum vermieste er ihnen absichtlich den Abend?

»Liebst du Bernhard?«, fragte er so plötzlich, als wäre in ihm etwas explodiert. »Bist du in ihn verliebt?« Er starrte sie an. »Kam die Strategie, mich auf das Fest einzuladen, etwa nicht von deiner Mutter, sondern von dir? Wolltest du Bernhard eifersüchtig machen?« Marcello warf die Zigarette zu Boden. »Das wäre dir auch gelungen, hätte der Hund ihn nicht ins Bein gebissen.«

»Bist du jetzt völlig verrückt geworden? Ich habe dich vor wenigen Sekunden geküsst. Dich, nicht Bernhard!«

»Nein. Ich habe dich geküsst.«

Ein Gefühl der Wärme überkam Alexandra, weil die Verwirrung der letzten Nacht noch nicht ganz verflogen war. »Marcello, ich mag dich«, versuchte sie es erneut. »Gestern nach dem Unfall mit dir zusammen zu sein war schön.«

»Aber?«, rief er.

»Was aber?«

»Ich spüre, da steckt ein Aber dahinter.«

»Ich weiß nicht, wie man da ein *Aber* spüren kann«, schoss sie zurück.

»Du *magst* mich, sagst du. Na, vielen Dank auch!«

»Was erwartest du denn? Dass ich nach zweimal knutschen schon das Brautkleid zuschneiden lasse?«

Mit einem ungläubigen Ausdruck sah er sie an, der sich in Gehässigkeit verwandelte. »Was ist das nur mit euch Deutschen?«, zischte er. »Immer wenn es gefährlich wird, schaltet ihr euren Kopf ein.«

»Wieso sind auf einmal die Deutschen schuld«,

entgegnete sie in wachsender Hilflosigkeit. »Du hast Bernhard gegenüber die deutsche Nationalmannschaft verteidigt! In manchen Dingen bist du deutscher als deutsch.«

»Aber nicht in der Liebe!« Er drängte Alexandra gegen das Geländer, hinter dem es in die Tiefe ging. »Ich bin Italiener. Wenn ein Italiener sein Herz verliert, ist das wie ein Vulkanausbruch.«

»Das merke ich.« Sie spürte das Gitter im Rücken. »Lass mich los.«

»Zuerst sagst du mir: Liebst du Bernhard?«

»Ich sage dir jetzt gar nichts mehr.« Sie wollte fort.

Er hielt sie fest. »Weil er ein reicher Schnösel ist – ja? Ja?! Und ich bin nur ein Barmixer, der fechten kann. So ist es doch!«

Ihr Körper wurde steif, ihre Augen kühl. »Wenn du das von mir glaubst, haben wir uns gründlich ineinander getäuscht.« Sie schlug seine Hand weg und rannte auf den Parkplatz.

»Entschuldige, so habe ich es nicht gemeint.« Er wollte ihr nach, stolperte und brauchte ein paar Schritte, um sich zu fangen. »Ich habe nur … Vorhin im Krankenhaus habe ich so etwas gespürt. Du und Bernhard, wie du seine Hand genommen hast …«

»Lass gut sein, Marcello«, unterbrach sie ihn. »Es gibt nichts mehr dazu zu sagen.«

»Ach ja?«, fuhr er wieder hoch. »Und das bestimmst du, wie lange wir über eine Sache reden?«

Als sie wortlos an ihm vorbei zum Auto ging, wurde er laut. »Du bist die Chefin von Sonnbach! Du kannst dem Barmixer befehlen, wann er die Klappe zu halten hat. Ist es so?«

»Ich fahre jetzt nach Hause.« Sie öffnete die Tür. »Wenn du nicht zu Fuß gehen willst, steig ein.«

Alexandra saß immer noch im Borgward. Marcello war eingestiegen und mitgefahren. Die Strecke über hatten sie geschwiegen. Die kurze Fahrt den Berg hoch schien eine Ewigkeit zu dauern.

Alexandra erinnerte sich an einen Vorfall, der scheinbar nichts mit dem zu tun hatte, was gerade vorging. Neulich hatte sich ein Fels in großer Höhe gelöst, war zu Tal gesaust und unten auf der Straße zersprungen. Der Fels hatte die Straße blockiert. Die Forstverwaltung war mit schwerem Gerät angerückt, um das Gestein wegzuräumen. So lange blieb die Straße gesperrt.

War es mit Alexandra genauso? Hatte sich ein Stein gelöst und war mitten in ihr Herz gefallen? Solange er dort lag, blieb ihr Herz gesperrt, und zwar für jeden, bis auf … Bernhard Ginneck? Sie verbat sich, den Gedanken zu Ende zu denken, stieg aus dem Borgward aus und lief ins Schloss.

• 25 •

Mit Blaulicht

Bernhard war kein Spezialist in Sachen *letzte Worte.* Aber einfach grußlos abzufahren kam nicht in Frage. Höflichkeit spielte dabei keine Rolle, sondern Sehnsucht. Die schmerzhafte Sehnsucht, ihre Stimme noch einmal zu hören. War das dumm? Selbstverständlich, dümmer als dumm. Nur ein klarer Schnitt brachte ihm die Freiheit. Jeder Tag, den er Alexandra nicht sah, ihre Stimme nicht hörte, war ein Tag der Heilung.

Nach dem Urlaub im Schwarzwald wünschte sich Bernhard Urlaub von den Eskapaden seines Herzens. Was er brauchte, waren Konferenzen, Geschäftstelefonate und Arbeitsessen. Er war nicht der Typ für Seelenqualen. Deshalb war er dem verängstigten kleinen Hund fast dankbar für dessen Biss: Er nahm ihn als Alarmsignal und den Rettungswagen, der vor dem Krankenhaus bereitstand, als Fluchtfahrzeug.

Morgens hatte der behandelnde Arzt das Gestell um Bernhards Bein abgenommen. Im Rollstuhl wurde er aus der Klinik gefahren. Beim Empfang im Erdgeschoss bat er, noch einmal zu halten.

»Kann ich kurz telefonieren?«, fragte er die Empfangsschwester.

Die Frau in Weiß reichte ihm den Hörer über den Tresen. Bernhard sagte ihr die Nummer von Schloss Sonnbach. Sie wählte.

»Schlosshotel Sonnbach, Rezeption«, ertönte eine freundliche Stimme. »Was kann ich für Sie tun?«

»Bernhard Ginneck hier.«

»Oh, Herr Ginneck, wie schön, von Ihnen zu hören. Geht es Ihnen besser? Wir haben uns alle Sorgen gemacht. Die unglückliche Sache mit dem Hund …«

»Kann ich Fräulein Cehringer sprechen?«

»Bedaure, Fräulein Cehringer ist in einer Konferenz.«

»Xandi ist …« Ein Blick auf die Uhr, es war kurz nach acht Uhr morgens. »Um diese Zeit? Ich meine nicht die Mutter, sondern die Tochter Cehringer.«

»Frau Cehringer ist ebenfalls in dieser Konferenz. Kann ich etwas ausrichten?«

»Ich wollte Alexandra sagen, wie sie mit meinem Flugzeug verfahren soll«, antwortete er. »Ich kann es nicht selbst nach Frankfurt fliegen.«

»Soll ich ausrichten, dass Fräulein Alexandra zurückrufen soll? – Ach, guten Morgen, Herr Türkheim«, hörte Bernhard. – »*Bin ich zu spät?*« – Das war die Stimme des Rechtsanwalts. »Die Damen sind schon im kleinen Salon«, antwortete die Rezeptionistin.

Bernhard entging der ungeduldige Blick der Schwester am Empfang nicht; immerhin blockierte er die Krankenhausleitung. »Ist das Otto Türkheim?«, rief er ins Telefon. »Bitte geben Sie ihn mir.«

»Herr Türkheim wird ebenfalls auf der Konferenz erwartet«, versuchte ihn die Rezeptionistin abzuwimmeln.

War es ein Wink des Schicksals? Sollte das heißen: Dränge dich nicht länger auf. In ein paar Minuten wirst du das Schloss, die Frau und den Schwarzwald hinter dir lassen. Wozu nervst du die Schwester und die nette Frau an der Rezeption? Leg auf, steig in den Krankenwagen und lass dich nach Frankfurt bringen. Kuriere dein Bein aus und dein Herz. Hinke zu guter Letzt, auf einen Stock gestützt, in dein Büro, wo dich Kollegen und Angestellte ausgiebig bedauern werden. Zerreiß die Stricke, die dich an Alexandra fesseln. Tu es, tu es jetzt!

Bernhard schlug die Winke des Schicksals in den Wind. »Ich brauche nur einen Augenblick mit Herrn Türkheim. Bitte geben Sie ihn mir.«

Er hörte, wie die Sprechmuschel zugehalten wurde, vernahm Gemurmel und schließlich die Stimme des Rechtsanwalts.

»Türkheim hier. Wie schön, Sie auf dem Weg der Genesung zu wissen, Herr Ginneck.«

»Guten Morgen«, antwortete Bernhard. »Ich fahre gleich nach Frankfurt und wollte mich nur von Alexandra verabschieden.«

»Ich kann sie jetzt nicht stören. Wir haben ein brisantes Treffen. Ich muss auch hinein.«

»Brisant, mit wem?« Die Frage war unzulässig. Das ging Bernhard nun wirklich nichts an. Doch Türkheim antwortete geduldig.

»Der Name sagt Ihnen wahrscheinlich nichts. Es ist ein Gast des Hauses. Sie ist erst gestern angekommen.«

»Ursula Király«, sagte Bernhard wie aus der Pistole geschossen.

»Ja.« Eine Pause des Erstaunens. »Wie haben sie das erraten?«

»Ich wusste es!« Bernhard richtete sich im Rollstuhl auf. Rund um ihn standen Schwestern und Ärzte, die telefonieren wollten. »Ich war sicher, dass sie kommen würde. Die ganze Zeit habe ich nach ihr Ausschau gehalten. Ursula Király, die Chefin der G.U.K.«

»Genau«, bestätigte Otto. »Was haben Sie mit ihr zu tun?«

»Jeder in der Finanzwelt kennt die Királys. Die G.U.K. ist ein Unternehmen, das sich nicht gerade durch Seriosität auszeichnet. Kurz gesagt: Ursula Király ist der eigentliche Grund, weshalb ich in den Schwarzwald geflogen bin.«

Türkheim klang plötzlich besorgt. »Das müssen Sie mir erklären.«

»Verhindern Sie diese Konferenz, Herr Türkheim!«

»Wie könnte ich das? Ich bin nur in beratender Funktion hier. Frau Király hat die Cehringers um ein Gespräch gebeten.«

»Das kann ich mir vorstellen!« Bernhard überlegte fieberhaft. »Versuchen Sie zu verschieben, Otto. Wenigstens um eine Viertelstunde. Ich komme zu Ihnen rauf.«

»Ich dachte, Sie sind unterwegs nach Frankfurt. Außerdem schaffen Sie es nie in einer Viertelstunde bis nach Sonnbach.«

»Fünfzehn Minuten, Otto, mehr brauche ich nicht. Halten Sie die Király hin!« Ohne sich zu verabschieden, warf er der Empfangsschwester den Hörer hin, bediente selbst die Schwungräder des Rollstuhls, kurvte ins Freie, die Behindertenrampe hinunter und hielt hinter dem Krankenwagen.

»Laden Sie mich ein!«, rief er auf den letzten Metern. »Sofort!«

»Immer langsam, Herr …« Der Rettungsfahrer blätterte in seinen Transportpapieren. »Sie sind Herr … ähm Ginneck, den wir nach Frankfurt bringen sollen?«

»Wer denn sonst?«

»Ich brauche erst mal ein paar Unterschriften. Ich

sehe, dass Ihre Krankenversicherung den Transport deckt. Dazu müsste ich allerdings Ihre Versicherungskarte sehen und den Ausweis und …«

Bernhard rollte dicht an den stämmigen Mann heran. »Wir fahren nicht nach Frankfurt.«

Der Dicke kratzte sich am Kopf. »In meinen Unterlagen steht …«

»Ich bezahle den Transport – privat. Darum bringen Sie mich jetzt genau dorthin, wo ich hinwill.«

»Immer mit der Ruhe, Herr … Hier heißt es, ich soll Sie in Frankfurt in der Kolomannstraße vierzehn abliefern.«

Mit diesem Mann zu diskutieren hatte keinen Sinn. Er würde nicht losfahren, bevor alle Formalitäten geklärt waren. Bernhard sah nur eine Möglichkeit. Er fasste in seine Brusttasche. »Das ist für Sie.« Er legte einen Geldschein auf die Transportpapiere.

»Sekunde mal, Herr … ähm …«

»Sie kriegen noch einen, wenn ich in fünfzehn Minuten an meinem Ziel bin«, sagte Bernhard. »Danach fahren wir ganz gemütlich nach Frankfurt. Was sagen Sie dazu?«

Der Fahrer warf einen Blick in die Runde, ob irgendjemand ihn beobachtete. »Ist das weit von hier, wo Sie hinwollen?«

»Wir fahren nur den Berg hoch. Ein Katzensprung. Und eine Bitte habe ich noch.«

»Welche, Herr …?«

»Blaulicht und Sirene. Was kostet mich das extra?«

»Wir werden uns schon einig, Herr …« Der Fahrer schob seinen Schutzbefohlenen die Rampe in den Rettungswagen hoch.

»Ginneck«, sagte Bernhard über die Schulter. »Mein Name ist Bernhard Ginneck.«

Die Heckklappe schlug hinter ihm zu.

••••

Der Mann im Rollstuhl eroberte das Schloss. Keine leichte Sache, denn die Architekten von Sonnbach hatten zu ihrer Zeit nicht an Behindertenrampen gedacht. Wieder war Otto Türkheim der Helfer in der Not. Er und jeder andere im Schloss hatten den Krankentransport den Berg hochjagen hören. Es schrillte über Berg und Tal und ließ die Vögel verstummen. Kilometerweit blitzte es blau durch die Bäume.

Otto lief ins Freie und nahm Bernhard in Empfang, während der dem Fahrer das versprochene Geld gab. Türkheim winkte einen Pagen heran, zusammen bugsierten sie den Rollstuhl die Stufen zur Terrasse hoch. Bernhard kurvte selbständig in den Salon, umrundete den Konferenztisch und hielt vor einer Dame im eng taillierten Kostüm.

Die Frankfurter Geschäftswelt kannte Ursula Király so und nicht anders. Ihre Kleidung war eine

Rüstung, die toupierte Frisur ihr Helm, ihr Augenbrauenstift konnte leicht zum Schwert werden. Sie passte in den Schwarzwald wie ein Fuchs in den Hühnerstall.

»Ursula«, stieß der Rollstuhlfahrer einigermaßen außer Atem hervor.

»Bernhard.« Mit keiner Miene verriet sie, dass ihr die Unterbrechung ungelegen kam. »Du bist verletzt? Was ist denn los, ein Tennisunfall?«

»Ich habe dich vor Tagen schon erwartet, Ursula«, antwortete er und warf einen Blick auf den jungen Mann neben ihr. »Wie konnte ich ahnen, dass du deinen Sohn als Vorhut schicken würdest?« Er nickte Györgi zu, der es seiner Mutter überließ, mit der Situation umzugehen.

»Was willst du, Bernhard?« Frau Király nippte an ihrem Sodawasser. »Eine Besprechung ist im Gang, zu der du nicht geladen bist.« Zu Juliane, die überrascht von einem zum anderen blickte, sagte sie: »Darf Herr Ginneck einfach hier hereinplatzen?«

»Ich weiß nicht. – Bernhard, könnten Sie vielleicht warten, bis wir fertig sind?«, erwiderte Juliane, um Höflichkeit bemüht.

»Bernhard hat uns offenbar etwas Wichtiges mitzuteilen«, schaltete sich Alexandra ein.

»Danke, Xandi.« Er wischte sich Schweißperlen von der Oberlippe. »Sogar etwas sehr Wichtiges.«

Alexandra stand auf. »Ich bin neugierig, was Bernhard uns zu sagen hat.« Ohne auf die Blicke ihrer Mutter zu achten, trat sie auf Frau Király zu. »Ich fürchte, wir werden unsere Unterredung verschieben müssen. Warum machen Sie und Ihr Sohn nicht so lange einen Spaziergang durch die Schlossanlage? Die scheint Sie ja besonders interessiert zu haben.«

»Nur weil Ginneck hier auftaucht, soll ich gehen?«, entgegnete die Geschäftsfrau schroff.

»Es handelt sich lediglich um eine Terminverlegung.«

Auch Frau Király stand auf. »Am Ergebnis unseres Gesprächs wird sich dadurch nichts ändern.«

»Ich bin bereit, das abzuwarten.« Alexandra lächelte.

»Komm, György.« Mutter Király lief zur Terrasse und drehte sich noch einmal um. »Du siehst blass aus, Bernhard. Überanstreng dich nicht.«

Alexandra wartete, bis Mutter und Sohn draußen waren, zog einen Stuhl heran und setzte sich vor Bernhard. »Ich habe gerade einen Gast unseres Hauses hinausgeworfen, Bernie. Jetzt hast du vielleicht die Freundlichkeit, mir zu sagen, warum.«

»Kann ich …« Bernhard zeigte zum Konferenztisch, auf dem eine Platte mit Schwarzwälder Schinken angerichtet war. »Ich habe heute noch nichts gegessen. Mir ist ein bisschen blümerant.«

Alexandra belegte ein Brötchen mit Schinken und gab es ihm. »Du weißt, wie man es spannend macht.«

Bernhard biss hinein. »Wisst ihr, was ein Ringkauf ist?«

Juliane war froh, dass Otto sich zu ihr setzte. »Nie gehört. Was ist ein Ringkauf?«

»Eine Praxis in der Immobilienbranche. Andere Länder haben sie schon abgeschafft, nur in Baden-Württemberg ist man noch nicht so weit.«

»Sagst du uns endlich, was dahintersteckt?«, drängte Alexandra.

Da Bernhard hungrig kaute, kam ihm Türkheim zu Hilfe. »Ich habe dich gestern schon darauf aufmerksam gemacht, Julie. Es bedeutet, dass ein Investor unbemerkt bestimmte Grundstücke aufkauft, und zwar so lange, bis das Anwesen, um das es ihm eigentlich geht, wie von einem Ring eingeschlossen ist.«

»Was sollte ein Ring um Sonnbach bringen?«, entgegnete Juliane. »Rund um unser Anwesen erstrecken sich nur Wälder, Wiesen und Ackerflächen.«

»Sobald diese Flächen umgewidmet wären, würde sich die Lage ändern«, übernahm Bernhard wieder das Wort.

»Umgewidmet in Bauland?« Alexandra beugte sich zu ihm.

»Ganz genau.«

»Man darf aus den Parzellen rund um Sonnbach kein Bauland machen. Bei landwirtschaftlichen Flächen verbietet unsere Agrarordnung jede andere Nutzung.«

»Euer Landkreis ist überschuldet«, erwiderte Bernhard. »Die Gemeinden brauchen Geld. Falls das Angebot eines Investors stimmt, könnte ein gewitzter Landrat die Agrarordnung umgehen und die erforderlichen Genehmigungen erteilen.«

»In der Nähe von Sonnbach soll gebaut werden?«, rief Juliane entsetzt.

»Das ist der Plan. Dabei kommt dem Investor eine Besonderheit eures Anwesens zugute.«

»Welche?«

»Der Familie Cehringer gehören einige Ländereien in der Gegend, die aber nicht unmittelbar an das Kerngrundstück angrenzen. Wenn rund um Sonnbach große Hotels entstehen, käme das einem geschäftlichen Würgegriff gleich.«

»Wieso?«

»Weil die Zimmer dieser Hotels weit billiger wären als eure Suiten.«

»Wir setzen Qualität gegen billige Herbergen«, konterte Alexandra.

»Wir sind finanziell angeschlagen«, widersprach Juliane. »Wenn wir in Zukunft auch noch mit anderen Hotels konkurrieren müssen, können wir dichtmachen.« Sie ging auf Bernhard zu. »Wenn ich Sie richtig verstehe, will Frau Király nicht mit uns verhandeln, sondern nur das Terrain sondieren.«

Bernhard nickte. »Deshalb hat Ursula ihren Sohn vorgeschickt. Er hat die Situation vorab geprüft.«

»Und Sie, Bernhard?« Juliane musterte ihn aufmerksam. »Sie hatten gar nicht vor, uns auszubooten?«

»Keine Sekunde«, antwortete er überrascht.

»Was wollten Sie denn sonst mit Ihrem Besuch erreichen?«

Es war ein Reflex, für den er nichts konnte und den er sofort bereute: Er sah Alexandra an. Sie spürte es und wandte ihm ihren Blick zu.

»Bernhard wollte uns warnen«, sagte sie leise, ohne ihn aus den Augen zu lassen.

»So ist es«, seufzte er erleichtert, weil sie ihm aus der Patsche half. »Doch dann kam etwas dazwischen, womit ich nicht rechnen konnte.«

Verwundert betrachtete Juliane ihre Tochter und den jungen Mann im Rollstuhl. »Und was war das?«

»Ein kleiner Hund«, antwortete Alexandra an seiner Stelle. »Ein kleiner, ängstlicher Hund ist dazwischengekommen.«

Die Tür ging auf, Rudolf, der Lehrjunge, steckte den Kopf herein. »Entschuldigung – Herr Ginneck? Draußen ist ein Krankenwagenfahrer. Er sagt, dass er Sie nach Frankfurt bringen soll.«

Bernhard drehte sich im Rollstuhl um. »Was soll ich denn in Frankfurt?«

• 26 •

Sonne und Schatten

Dieser Tag! Bernhard hatte geglaubt, die letzten Tage seien rätselhaft genug gewesen; der heutige stellte sie alle in den Schatten. Er wollte sprechen, erfahren, sich austauschen, doch genau darin lag die Schwierigkeit: Alle schienen verschwunden zu sein! Keiner ließ sich blicken.

Johann, den er fragen wollte, was aus seinem Hund geworden sei, hatte sich seit der verhängnisvollen Nacht nicht mehr im Schloss gezeigt. Juliane stand seit der Nachricht eines drohenden Ringkaufs unter Schock. Sie habe sich zurückgezogen, hieß es; ihr Anwalt leistete ihr Gesellschaft. Auch die Királys ließen sich nicht blicken. Bernhard deutete das nicht als Rückzug, sie brüteten offenbar etwas Neues aus.

Alexandra war vollkommen vom Erdboden verschluckt worden. Im Rollstuhl konnte Bernhard nicht überall nach ihr suchen, deshalb hatte er sich von Rudolf Krücken besorgen lassen. Diese Fortbewegungsart war anstrengend und erregte Aufsehen.

Wo er auftauchte, wurde er angestarrt: War das nicht der Geschäftsmann, den der Hund gebissen hatte? Bernhard kümmerte sich nicht um die Blicke und suchte kreuz und quer im ganzen Schloss.

Es war ihm wichtig, die Ereignisse mit Alexandra klarzustellen. Sein heutiger Auftritt mit Blaulicht und Sirene, die Art und Weise, wie er die Királys in ihre Schranken gewiesen hatte, sollte mit der gefühlsmäßigen Seite seines Besuchs nicht in Verbindung gebracht werden. Er half Alexandras Familie freiwillig und gern, doch das änderte nichts an der Erkenntnis dieses Morgens: Alexandra und Marcello hatten sich ineinander verliebt. Die beiden verband eine Zuneigung, in die sich Bernhard nicht einzumischen hatte. Er wollte nicht der reiche Geschäftsmann sein, der den Cehringers aus der Bredouille half und deshalb Ansprüche auf die Tochter des Hauses zu haben glaubte.

Bernhard fand Alexandra weder im Hotelbereich noch auf ihrem Zimmer. Er fand sie nicht im Schlosspark. Auf Krücken bis zum Weiher zu laufen war ihm zu weit. Was sollte sie auch dort? Heute würde sie bestimmt kein Moorbad mit Györgi Király nehmen. Als Letztes fiel ihm die Reithalle ein, wo sie trainierte. Wieso war er nicht früher darauf gekommen? Alexandra war verliebt in den Fechtlehrer. An welchem Ort konnten sich die beiden so unauffällig treffen wie dort?

Bernhard schleppte sich über den Hof und trat in die dämmerige Halle ein. Sie war leer. Nun war er mit seiner Weisheit am Ende, außerdem erschöpft. Im Krankenhaus hatte man ihm Ruhe verordnet, und was tat er? Hüpfte und hinkte durch das Schloss. Neben dem Waffenarsenal sank er auf die Holzbank. Beruhigte seinen Atem und streckte das verletzte Bein aus. Er griff hinter sich, zog ein Florett aus der Halterung, prüfte und bog es und deutete einen Schattenkampf an. Schließlich setzte er die Spitze zu Boden. Todmüde war er. Die Augen wurden ihm schwer.

Als die Tür aufging, fuhr er hoch. Er war für Sekunden eingeschlafen. Die eintretende Person bemerkte die Bewegung und erschrak.

»Wer ist da?«, rief Alexandra ins Halbdunkel.

»Keine Angst. Ich bin nicht gekommen, um mich mit dir zu duellieren.«

»Bernhard? Was machst du hier?«

»Ich will dich sprechen.« Als er sich vorbeugte, rutschte das Florett weg, fast wäre er von der Bank gestürzt.

Alexandra fing ihn auf. »Du sollst nicht solche Sachen machen. Warum bist du nicht im Rollstuhl geblieben?«

»Weil ich mir darin wie ein Tattergreis vorkomme.«

»Nur weil man krank ist, ist man noch kein alter Mann.« Sie half ihm auf die Bank zurück. »Was du heute für uns getan hast, Bernie, war außerordentlich.«

»In meinen Kreisen nennt man das Insiderinformation. Es ist illegal, aber in diesem Fall war es richtig.«

»Ich bin in der Stadt gewesen und habe das Grundbuch eingesehen. Du hattest recht. Für manche Parzellen, die an unser Land grenzen, gibt es neue Besitzeintragungen. Allerdings wurden sie noch nicht in Bauland umgewidmet.«

Er nahm ihre Hand. »Ich bin Gott sei Dank noch rechtzeitig gekommen. Xandi, ich kenne Wege, wie man die Umwidmung verhindern kann. Wenn das gelingt, haben die Királys nichts als ein paar Felder und Wiesen gekauft. Aber … Aber darüber wollte ich eigentlich nicht mit dir sprechen.«

»Sondern?«

»Über dich.«

Langsam zog sie die Hand zurück. »Über mich?«

»Und über mich. Ich habe mich in den letzten Tagen unmöglich benommen. Du aber auch.«

»Du hast mich behandelt, als wäre ich unsichtbar.«

»Touché.« Er hob das Florett. »Dein Vorwurf stimmt.«

Sie schüttelte den Kopf. »Weshalb tust du auf einmal so wunderbare Dinge? Du willst verhindern, dass man einen kleinen Hund einschläfert. Du lässt dich mit Tatütata aufs Schloss fahren, um uns zu helfen. Das verwirrt mich. Das eine passt nicht zum anderen, Bernie.«

»Genau darüber will ich mit dir reden.« Er holte tief Luft. »Es geht darum, von nun an das Richtige zu tun, und ich glaube, das Richtige ist, dass du dich um deinen Marcello kümmerst.«

»*Meinen* Marcello?«

»Er ist ein großartiger Kerl, und ihr passt gut zueinander. Ich bin sicher, früher oder später wird das auch deine Mutter einsehen.«

»Um mir das mitzuteilen, humpelst du durch das ganze Schloss?«, entgegnete sie fassungslos.

»Es sollte Klarheit zwischen uns herrschen. Falls du mich in der Sache mit den Királys brauchst, berate ich dich, so gut ich kann. Aber das hat mit dir und Marcello nichts zu tun.«

»Ach so hast du das also gemeint.« Plötzlich schossen Alexandra Tränen in die Augen. »Und was war das damals vor drei Jahren zwischen uns?«

»Auch mein damaliger Aufenthalt ist ziemlich unglücklich verlaufen«, antwortete er traurig. »Ein weiteres Mal wollen wir das nicht wiederholen. Es ist wohl das Beste, wenn ich aufbreche.«

Wie gut, dass es in der Halle so dunkel war. Alexandra wollte nicht, dass Bernhard sie weinen sah. »Du hast recht. Wahrscheinlich ist es besser so.«

Er griff nach den Krücken. »Ich wünsche dir viel Glück, Alexandra.« Mühevoll hievte er sich hoch.

»Mit Marcello wird es natürlich auch nicht leicht. Er hat seinen südländischen Stolz, und du bist, wie wir wissen, ein Feuerkopf. Aber wenn du ihn liebst, und ich glaube, dass du ihn liebst, dann werdet ihr zusammen einen Weg finden.«

Sie hielt es fast nicht aus, ihn so sprechen zu hören. »Das klingt ja, als ob du uns deinen *Segen* gibst, Bernhard.«

»Wir beide scheinen uns immer misszuverstehen. Auch jetzt. Du brauchst meinen Segen nicht. Du weißt, was du willst.« Er machte die ersten Schritte zum Ausgang.

Die Tür schwang auf, grelles Nachmittagslicht fiel herein.

Als Silhouette stand Marcello da. Er erstarrte. »Ich bitte um Verzeihung. Ich wusste nicht, dass ich störe.« Er machte auf dem Absatz kehrt.

»Lauf nicht davon«, rief Bernhard. »Wenigstens nicht, bevor du das gefunden hast, wonach du suchst.« Er wandte sich zu Alexandra. »Nicht wahr?«

»Natürlich«, antwortete sie kühl. »Du bist bestimmt wegen der Degen da. Bei zweien ist die Sicherheitsspitze abgebrochen. Das muss geschweißt werden. Ich weiß nicht, wie oft ich das noch sagen soll.«

»Die Degen, wieso die Degen?«, fragte Bernhard ungläubig.

»Du hast recht«, entgegnete Marcello im gleichen

frostigen Ton. »An der Spitze könnte sich jemand verletzen. Ich bringe sie zum Schmied ins Tal.«

Bernhard schaute zwischen beiden hin und her. »Wieso Degen?« Es fiel ihm schwer, sich auf den Krücken zu halten.

Keiner antwortete.

Marcello zog zwei Waffen aus den Halterungen. »Ich mache mich am besten gleich auf den Weg.« Die Klingen schlugen gegeneinander. Sie machten ein hartes Geräusch. Marcello verschwand aus der Halle.

»Was sollte das Ganze?« Als Bernhard auf Alexandra zuhinkte, wich sie ihm aus und rannte wie ein gehetztes Tier ins Sonnenlicht.

Sie läuft ihm nach, dachte er. Sie will die Sache richtigstellen. Vor mir konnten sie nicht ungezwungen sprechen. Langsamer als die beiden machte sich Bernhard auf den Weg ins Freie.

••••

Der Himmel hatte das schwere Blau eines Spätsommernachmittags. Eine Wolke zog von links nach rechts, langsam, kaum merklich. Leichter Wind war zu hören. Bevor die Wolke den rechten Rand des Türausschnitts erreichte, begann sie zu zerfallen. Für Momente bildete sie eine Form, die man mit Phantasie für ein springendes Eichkätzchen halten konnte.

Die Wolke verschwand, das makellose Blau schien sich über die ganze Welt zu legen.

»Du weißt, wie man mich behandelt«, flüsterte Juliane.

»Ach ja?«

Zärtlich betrachtete sie ihren Rechtsanwalt, Notar und Liebhaber. »Ein anderer als du hätte heute das Katasterbuch ins Schloss gebracht und mir die Faktenlage erklärt. Aber du spürst genau, wie man meine Sorgen vertreibt.«

»Wie denn?«

»Mit Liebe.«

Sie küsste ihn, betrachtete seine seelenvoll dunklen Augen, den schmalen Schnurrbart, strich über seine Bartstoppeln. Otto war derzeit so sehr für die Familie Cehringer im Einsatz, dass er nicht einmal zum Rasieren kam. »Und von der Liebe verstehst du eine Menge, Otto.«

Er zog sie an sich und küsste sie innig. »Ich habe dir das vor zwanzig Jahren zum letzten Mal gesagt, Julie. Heute sage ich es wieder.«

»Was denn?«

»Du bist meine große Liebe. Ich fürchte, du bist die Liebe meines Lebens.«

Plötzlich war ihr so zart, so weich und verzaubert zumute, als wäre sie ein junges Mädchen. »Bin ich das?«

»Ich fürchte, so ist es.«

»Warum *fürchtest* du es?«

»Weil es bedeutet, dass ich zwanzig Jahre meines Lebens ohne die Liebe meines Lebens verbracht habe.«

»Warum nur, Otto?«

Er setzte sich auf. »Da fragst du noch? Du und dein Hubert, du und dein Schloss, du und deine Kinder – wie hättest du da noch Zeit für mich haben sollen?«

Sie nickte nachdenklich. Plötzlich erheiterte sie sich wieder. »Und wenn schon! Diese zwanzig Jahre sind wie ein Wimpernschlag vergangen. Jetzt liegt das ganze Leben vor uns – sagt man nicht so?«

»Mit so etwas macht man keine Witze, Julie, zumindest nicht bei mir. Bei manchen Männern ist das Herz ein ziemlich elastischer kleiner Muskel, imstande, für mehrere Frauen zu schlagen. Ich bin da altmodisch.«

»In diesem Fall –« Juliane stand auf und schlang sich das Laken um. Wie die Göttin Pallas Athene stand sie über ihm. »Otto Türkheim, ich frage dich: Willst du mich heiraten?«

Er öffnete den Mund, doch es kam nichts heraus. Otto warf die Decke beiseite, sprang auf und trat vor Juliane. Pallas Athene auf der einen, ein nackter Gott auf der anderen Seite.

»Ist das dein Ernst?«

»Du hast mich gehört.«

»Nein, sag doch, ist das wirklich dein Ernst?«

»Ich habe dabei durchaus praktische Überlegungen«, wich sie aus. »Falls ich das Schloss tatsächlich verlieren sollte, könnte ich mit Sack und Pack bei dir einziehen.«

Er fasste ihre Arme und schüttelte sie. »Schluss mit den Witzen! Ist das dein Ernst?«

Zärtlich sah sie ihn an. »Otto, ich habe das noch zu keinem Mann gesagt. Nicht einmal zu Hubert. Natürlich ist es mein Ernst. Wenn du mich überhaupt noch willst.«

Er schloss sie in die Arme. Zusammen taumelten sie ins Bett zurück. Zum ersten Mal küsste Otto Türkheim die Herrin von Sonnbach als seine Braut.

• 27 •

Wolkentürme

»Nicht so schnell. Hetz mich nicht«, rief Johann. »Es bringt nichts, wenn wir so rennen. Je länger wir brauchen, desto besser. Je schneller wir dort sind, umso früher sagt mir Frau Cehringer, dass sich an ihrem Entschluss nichts geändert hat. Dann müssen wir Sonnbach endgültig verlassen. Denn trennen werden wir zwei uns nicht mehr, das habe ich dir versprochen.«

Während Wutzel dorthin vorauslief, wo er sein Zuhause witterte, blieb Johann mehrmals stehen. Sonst, wenn sie unterwegs waren, hatte sich ein vertrauter Schritt zwischen ihnen eingespielt, nicht zu langsam, nicht zu schnell. Heute musste der Hund immer wieder zurücklaufen, um Johann zu versichern, es sei nun nicht mehr weit. Jeder Meter, den sie sich vom *Amselnest* entfernten, war Wutzel willkommen. Diese Düsternis, die Feuchtigkeit des Waldes, die Schlaflosigkeit des Herrn und dessen Traurigkeit, Wutzel spürte das besser, als Johann ahnte. Der alte Mann fürchtete sich vor der Zukunft. Wutzel dagegen lebte von einem Jetzt ins nächste, und jedes Jetzt war von freudiger Betriebsamkeit erfüllt. Wutzel wollte, dass Johann seine Freude hörte und bellte.

»Nicht! Wenn du so anfängst, ist es gleich vorbei für uns. Wenn dich Juliane aus der Ferne hört, ruft sie den Tierschutzverein an, damit die dich abholen.«

Johann machte die letzten Schritte auf die Hügelkuppe. Eben noch hatte man nur Wiese und Himmel gesehen, jetzt lag das Paradies vor einem. Ach, wie ragte das Schloss so rank vor ihm auf, die schimmernden Kupferdächer, die Bekrönung, die geschwungenen Fenster und Türen, der gekieste Vorplatz, die Blumenwiese, der Springbrunnen – schöner ging es doch wirklich nicht. Trotzdem blieb Johann ängstlich stehen, weil die nächsten Minuten die Entscheidung bringen würden. Er blieb auch aus Überraschung stehen, denn von seinem erhöhten Punkt aus bemerkte er drei Menschen, die sich im Freien aufhielten.

An der Toreinfahrt entdeckte er Marcello, der einen gepackten Rucksack auf den Kiesweg stellte. Wer unternahm um diese Tageszeit noch einen Ausflug?, überlegte Johann. In ein paar Minuten würde sich die Dämmerung über Sonnbach senken. Sein Blick folgte Marcello, der ins Zimmer hinaufging und bei offenem Fenster prüfte, ob er nichts vergessen hatte. Plötzlich nahm er zwei Degen zur Hand, betrachtete sie sekundenlang und legte sie überkreuzt auf sein Bett. Zwei gekreuzte Degen auf dem Bett des Fechttrainers, was hatte das zu bedeuten?

Marcello schloss das Fenster. Einen Koffer in der Hand, erschien er gleich darauf zu ebener Erde, nahm den Rucksack und sah dem Wäschereiwagen entgegen, der gerade vom Wirtschaftstrakt aufbrach. Marcello winkte dem Wagen, man wechselte ein paar Worte, schließlich stieg er ein. Der Wäschewagen fuhr durch das Tor und über den Kiesweg auf die Schotterstraße, wo er sich zwischen den Serpentinen verlor.

Reiste Marcello für länger ab, vielleicht für immer? Johann hatte nicht gemerkt, dass seine Füße sich selbständig machten und langsam über die Nordwiese hinunterliefen. Auf der Stützmauer, die Juliane errichtet hatte, nachdem der Hang nach starken Regenfällen abgerutscht war, saß eine junge Frau und weinte. Wieso weinte sie nicht drinnen, wo niemand sie sah, warum im Freien? Weshalb weinte sie überhaupt? Johann erinnerte sich, Alexandra selten weinen gesehen zu haben. Die Tochter des Hauses hatte ihre Gefühle meistens im Griff. So hatte ihre Mutter es ihr vorgelebt. Jetzt aber heulte Alexandra Rotz und Wasser.

Auf der gegenüberliegenden Seite des Schlosses entdeckte Johann noch jemanden, einen Menschen mit Krücken. Auf den ersten Blick schien er auf der

Wiese zu liegen und die Abendsonne zu genießen. Doch Johann sah genauer hin: Dieser Mann lag nicht entspannt und behaglich da, er war gestürzt. Am oberen Rand der Wiese zog sich ein Kiesweg hin, der zur Reithalle führte. Dieser Weg war abschüssig. Der Mann mochte am Wegesrand abgerutscht sein, hatte mit den Krücken das Gleichgewicht verloren und war die Wiese hinabgestürzt.

»Was bedeutet das alles, Wutzel?«, fragte Johann.

Der Hund setzte sich neben ihn.

»Der Fechtlehrer verlässt uns überstürzt. Darüber weint seine Schülerin. Sie kann ihn gut leiden. Sie mochte Marcello vielleicht mehr, als ihr bewusst war. Vielleicht mochte er sie aber noch mehr, als ihnen beiden bewusst war. Vielleicht ist Alexandra sogar darüber erschrocken, dass der Fechtlehrer sie so sehr mochte. Dass Marcello uns verlässt, ist bedauerlich, aber muss man darüber gleich weinen?«

Wutzel wartete ab, welche Kombinationen Johann noch anstellen würde.

»Dass Herr Ginneck dort liegt, geht auf deine Kappe«, fuhr Johann fort. »Siehst du den Verband um sein Bein? In dieses Bein hast du deine Zähne geschlagen.«

Wutzel tat so, als sehe er nichts davon.

»Wegen dir braucht Herr Ginneck Krücken. Ich frage mich allerdings, wohin er damit wollte.« Johann legte den Finger an seine Nasenspitze. »Wie es aussieht, ist er aus der Reithalle gekommen. Fechten wollte er dort bestimmt nicht. Marcello hat zwei Degen aus der Reithalle mitgenommen. Warum lässt er sie auf seinem Bett zurück? Kommt dir das nicht auch ziemlich symbolisch vor? Wenn ich wiederum Fräulein Alexandra auf der Mauer sehe, muss ich annehmen, dass auch sie aus der Reithalle gekommen ist. Zwei Degen, eine weinende junge Frau, ein Mann, der seinen Halt verloren hat – wie sieht das für dich aus, Wutzel?«

Johann wartete Wutzels Antwort nicht ab. Er marschierte weiter, nicht mehr zögerlich, nicht ängstlich, sondern beherzt. So zielstrebig näherte sich der alte Mann der Wiese, wo er Bernhard Ginneck helfen wollte, dass er nicht bemerkte, wie sich hinter ihm mächtige Wolken heranschoben. Noch verdeckten sie die Sonne nicht, doch diese Wolken waren dunkel, fast schwarz. Bald würden sie die heitere Stimmung um Schloss Sonnbach vertreiben.

• 28 •

Feuerblitz

Alexandra fuhr aus dem Schlaf hoch. Was war das? Es klang, als sei ein Stapel Brennholz umgefallen. Das Geräusch wurde lauter, jetzt klang es wie eine entfernte Kegelpartie. Das Gewitter, das sie abends erwartet hatten, war vorübergezogen. Wenn es von Süden kam, streifte ein Gewitter Sonnbach meistens nur und entlud sich erst über der Schweiz. Diesmal kam es von Westen, wetterleuchtend rollte es heran. Bald würde es hier sein. Waren alle Fenster geschlossen? Hatten die Kellner die Sonnenschirme zusammengeklappt, waren die Markisen eingeholt worden? Ein Gewittersturm im Schwarzwald hatte die Kraft, alles zu zerfetzen, was sich ihm in den Weg stellte.

Alexandra sprang aus dem Bett und machte sich zu einem Kontrollgang auf. Das Schloss war alt. Einiges hatte man mit modernen Materialien renoviert, nicht aber das historische Fensterglas. An der Oberseite der Rahmen war es dünner als unten, da sich das Glas während der Jahrhunderte langsam abwärts bewegte. Glas floss unendlich träge, aber es floss.

Drüben im Hoteltrakt kümmerte sich das Personal um die nötigen Vorkehrungen. Alexandra lief durch den privaten Teil des Hauses und sicherte alles, damit kein Windstoß das Glas zerschlagen sollte. Sie schloss die kleinen Fenstersegmente und legte die Riegel vor. Beim Hinterausgang kontrollierte sie, ob das Türschloss mit einem Stützpfosten verkeilt war, weil die Tür sonst bei Sturm aufflog. Sie lief ins Freie, tappte die Außentreppe zum Keller hinunter und schob den Riegel vor. Im Obergeschoss arretierte sie sämtliche Fensterflügel. Sie wunderte sich, dass ihre Mutter von dem Lärm noch nicht erwacht war.

Es schien die höchste Zeit zu sein. Der Sturm tobte in den Baumkronen, der Sturm legte den kleinen Apfelbaum schief, dass er fast waagrecht in der Luft hing. Das Krachen und Wüten des Donners, die Blitze im Westen, das Leuchten im Süden – und plötzlich zerriss der einsetzende Regen das Ganze.

Das prasselte mit solcher Wucht auf das Schlossdach herab, dass Alexandra besorgt hochblickte und lauschte. Wenn man bedachte, dass über diesem Geschoss noch der Speicher und darüber der Dachstuhl lagen, war das Regengeräusch beängstigend laut. Würde das Dach halten, so wie es seit Jahrhunderten standgehalten hatte? Bei jedem Gewitter fragte sich Alexandra das wieder.

Zurück am Fenster, kam ihr die Welt da draußen zerhäckselt vor, zerrissen von den Regenschlieren, wild erhellt durch das Blitzgezucke und erschüttert von den Schlägen des Donners. Die Bäume bogen sich gefährlich tief, das Wasser troff auf die Fester-bretter, weil die Dachrinnen die Massen des sintflut-artig niedergehenden Regens nicht fassen konnten.

Alexandra überlegte, zu ihrer Mutter zu laufen, doch schließlich war sie kein kleines Mädchen mehr. Jemand anders fiel ihr ein, ein Gast dieses Hauses, der sich nicht so gut bewegen konnte, der vielleicht oben im Turmzimmer Angst hatte vor dem Unwetter.

Seit dem Vorfall in der Reithalle war Alexandra Bernhard nicht mehr begegnet; zum Abendessen hatte er sich nicht gezeigt. Auch Marcello fehlte, niemand wusste, wo er geblieben war. Selbst wenn er mit den Degen zum Schmied gefahren war, würde er wohl kaum die ganze Nacht wegbleiben. Alexandra ahnte die Wahrheit, gestand sie sich aber nicht ein.

Unschlüssig stand sie auf dem Korridor. Sollte sie in ihr Zimmer zurückkehren oder einen Blick ins Turmzimmer werfen? Wozu? Bernhard hatte heute Nachmittag deutlich ausgesprochen, wie er die Dinge sah. »*Du solltest dich um deinen Marcello kümmern.*« Er hatte sie gewissermaßen an Marcello abgetreten. Wenn sie jetzt in den Turm ging, sah es ja so aus, als liefe sie ihm nach.

Alexandra machte kehrt. Sie wollte ins Bett zurück. An der Biegung des Korridors blieb sie erschrocken stehen. Wer kam ihr da entgegen, wer geisterte nachts durch das Schloss? Eine Gestalt mit sonderbar wiegendem Gang. Alexandra war im Bademantel; die Gestalt kam ihr von Kopf bis Fuß angezogen entgegen.

»Johann?«, rief sie überrascht. »Johann! Sie sind wieder da.« Froh und erleichtert lief sie auf ihn zu.

»Fräulein Alexandra«, begrüßte er sie.

»Wissen Sie, was wir uns für Sorgen gemacht haben?«

»Das tut mir leid.«

»Seit wann sind Sie wieder in Sonnbach?«

»Seit dem frühen Abend.«

»Warum haben Sie sich nicht gemeldet?«

Selten war Johann um Worte verlegen, doch in diesem Moment fiel ihm das rechte nicht ein. »Ich hatte noch keine Gelegenheit, mit Ihrer Mutter zu sprechen, und wollte lieber bis morgen früh warten.«

»Wegen Wutzel?«, kombinierte sie. »Ihr Hund lebt, nicht wahr?«

»Ja. Es geht ihm gut. Aber das ist nicht der einzige Grund, weshalb ich noch nicht bei Frau Cehringer war.«

Sie musterte den korrekten Diener, den Freund ihrer Kindheit. »Sondern?«

»Ich musste Herrn Ginneck helfen. Er ist an der

Westwiese gestürzt. Ich habe ihn auf sein Zimmer gebracht und ihm dort ein Abendessen serviert.«

»Gestürzt?«, fragte sie besorgt, zugleich erleichtert, weil Bernhard nicht aus Desinteresse das Abendessen geschwänzt hatte. »Etwas Ernstes?«

»Es ist etwas angeknackst«, antwortete Johann.

»Verstaucht? Das muss doch gleich ein Arzt …«

Er schüttelte den Kopf. »Es sind nicht die Knochen. Sein Stolz ist angeknackst, Fräulein Alexandra. Er wollte sich weder auf Krücken noch im Rollstuhl vor Ihnen zeigen.«

»Vor mir?«

Ein gewaltiger Donner ließ beide zusammenfahren. Der gleißende Blitz entriss Alexandras Gesicht der Dunkelheit. Sie lief ans Fenster und sah nach, ob es in der Nähe eingeschlagen hatte. Mit langsamen Schritten folgte ihr Johann und stellte sich neben sie.

»Ihr Vater nannte Sie seinen Feuerblitz, wissen Sie es noch, Fräulein Alexandra? Selbst als Sie noch ganz klein waren, sagte er: ›Du bist mein wilder Feuerblitz.‹ Ich finde, das ist der richtige Augenblick, um sich daran zu erinnern.«

»Ein Feuerblitz?« Sie sah ihn nicht an.

»Bedenken Sie, was es bedeutet, ein Blitz zu sein. Etwas, das den Himmel niemals ruhig durchquert, sondern ihn spaltet. Ein menschlicher Feuerblitz, wie Sie einer sind, wird bewundert, aber auch gefürchtet. Dort, wo die Menschen beisammen sind und sich aneinander erfreuen, ist der Blitz unerwünscht. Er gehört nicht dazu. Es besteht die Gefahr, dass er für immer allein ist. Das kann sich niemand wünschen, nicht wahr? Sie sollten die Kraft, die in Ihnen wohnt, verwandeln, Alexandra. Dann wären Sie immer noch feurig und faszinierend, Sie wären ein Licht, das leuchtet, aber nicht zerstört, eine Inspiration, ohne andere zu erschrecken, mit liebevollen Augen und einem Lächeln, das uns alle beglückt.«

»Sie meinen …?« Alexandra erwartete den nächsten Donner.

»Ich meine, dass Sie die Antwort vielleicht im Turmzimmer finden werden.«

»Ich soll hinaufgehen und nach ihm sehen?«

»Das wissen Sie selbst am besten.«

Sie wandte sich um und fiel Johann um den Hals. Er strich über ihr Haar, trat zurück und machte eine kleine Verbeugung.

»Gute Nacht, Fräulein Alexandra.«

Das hörte sie nicht mehr, denn sie lief durch den endlos langen Korridor davon.

••••

Der Anblick beim Eintreten ins Turmzimmer überraschte und verzauberte sie. Bernhard lag nicht im Bett, er hatte sich einen Sessel ans Fenster gezogen. Eine Kerze brannte. Auf der Wetterseite schlug der

Regen wie mit Fäusten gegen die Scheiben. Die Wassermassen waren so dicht, dass man glaubte, das Turmzimmer liege auf dem Grund des Meeres.

»Das habe ich schon als Kind geliebt«, sagte sie.

Er hob den Kopf. »Was denn?«

»Früher, wenn es ein Gewitter gab, sagte mein Vater zu mir: Wir sind dem lieben Gott hier näher.«

»Das stimmt. In der Stadt vergisst man, was die Natur wirklich ist.«

»Da draußen ist Gott, hat mein Vater gesagt.« Alexandra sprach ruhig, langsamer, anders. »Er zeigt uns, dass es ihn gibt. Unten im Tal besteht die Wirklichkeit nur noch aus Einzelteilen. Hier oben ist sie ganz.«

»Vielleicht sind wir selbst hier noch ganz.«

Neben seinem Sessel sank Alexandra zu Boden. Eine Zeit lang schauten sie schweigend in den Regen. Plötzlich spürte sie eine Berührung. Seine Hand fand ihr Haar, ihre Schulter. Wie ein Schmetterling, der müde vom Fliegen war, legte sie sich zart auf Alexandra.

»Hoffentlich hält dein Flugzeug das Gewitter aus.« Sie lehnte die Wange an seine Hand.

»Was ist mit meinem Flugzeug?«

»Am Tag, nachdem du angekommen warst, habe ich es mit Planen abdecken lassen.«

»Juliane hat es mir erzählt. Danke.«

»Ich frage mich –«

»Ja?«

»Haben in deinem Flugzeug auch zwei Leute Platz?«

Er antwortete nicht sofort. »Es ist ein Zweisitzer.«

»Ich bin nämlich noch nie geflogen.«

»Ich selbst werde erst mal nicht fliegen können. Aber dann, wenn es so weit ist … würde ich dich gern einmal mitnehmen.«

»Es hat ja Zeit. Wir haben keine Eile, Bernie.« Sie schmiegte sich an ihn.

Allmählich verschwanden die Blitze wie müde gewordene Irrlichter hinter dem Hügel. Das Wasser rann so schnell ab, wie es gekommen war. Der Blick durch das Fensterglas klärte sich, ein Meer von Tropfen blieb zurück. Draußen sah man den Sternenhimmel. Der Mond tauchte die Tannen in sein geheimnisvoll blaues Licht.

»Wie schön das ist.« Sie lächelte.

»Wie schön.« Er sah sie an.

• 29 •

Das Glück dieses Sommers

»Bei Nacht und Nebel abgereist?«, fragte Juliane.

»Im ersten Morgengrauen«, antwortete Johann. »Die Királys haben noch nicht einmal ihre Rechnung bezahlt. Sie lassen ausrichten, man soll sie ihnen nach Frankfurt schicken.«

»Wenn ich hoffen darf, diese Leute nicht wiederzusehen, würde ich ihnen die Rechnung sogar erlassen.« Juliane trug ein leuchtend blaues Kleid. Ihr Haar war auf andere Weise hochgesteckt als sonst.

»Ich fürchte, so leicht werden sie sich nicht abwimmeln lassen.« Otto Türkheim saß in Hemdsärmeln da, für alle am Frühstückstisch ein ungewöhnlicher Anblick.

Juliane hatte nicht im kleinen Salon, sondern auf der Terrasse decken lassen. Bernhard trank seine zweite Tasse Kaffee und aß mit erstaunlichem Appetit.

»Werden Sie sich heute noch abholen lassen, Bernhard?«, erkundigte sich Tante Leonie. »Ich hoffe, diesmal wird es nicht wieder ein Krankenwagen sein.«

»Ein Krankenwagen ist nicht nötig. Ich fühle mich schon viel besser.«

»Wie erfreulich.« Nachdenklich blickte Juliane von Bernhard zu Alexandra. Ihre Tochter hatte ein unerklärliches Leuchten im Gesicht.

»Ich überlege …« Bernhard kaute. »Ob es nicht vielleicht besser wäre …« Er schluckte. »Wenn ich meine Verletzung in Sonnbach ausheile.« Er nahm einen Schluck Kaffee.

»Ach ja?« Julianes Neugier wuchs. »Wusstest du davon, Alexandra?«

Sie hielt den Blick auf ihr Frühstücksei gesenkt. »Bernhard hat es angedeutet.«

»Angedeutet, so.«

Eine Zeit lang aßen sie schweigend. Das Klappern des Geschirrs, das Zwitschern der Vögel war alles, was man hörte. Johann stand im Hintergrund und überwachte, dass Rudolf beim Servieren alles richtig machte. Schließlich fasste sich der alte Mann ein Herz.

»Frau Cehringer, verzeihen Sie, dass ich es ausgerechnet beim Frühstück anspreche. Aber es ist mir wichtig. Ich habe keine Ruhe, solange ich nicht weiß, was mit meinem Hund geschehen soll.«

»Ach, Ihr Hund, ja richtig.« Stirnrunzelnd stellte Juliane ihre Tasse ab. »Johann, Sie sind zwei volle

Tage nicht hier gewesen. Haben Sie eine Ahnung, was sich inzwischen an Arbeit angehäuft hat? Die Gärtner, die Zimmermädchen, das Küchenpersonal, alle warten auf Ihre Anweisungen. Sie haben die Leute so erzogen, dass sie praktisch nichts eigenständig unternehmen.«

Durch eine Geste bezog Juliane das ganze Schloss mit ein. »Walten Sie endlich wieder Ihres Amtes, alter Freund, und machen Sie den Leuten von Sonnbach ein bisschen Feuer unterm … Na, Sie wissen schon. Und natürlich müssen wir eine anständige Feier für Ihr Jubiläum ansetzen. Sie sehen, es gibt so viel zu tun.«

Da Johann sich nicht von der Stelle rührte, setzte Juliane hinzu: »Und für Ihren Hund finden wir bestimmt ein saftiges Kotelett mit einem schönen Knochen daran.«

Sie wandte sich zu einem Forsythienstrauch, hinter dem sich etwas bewegt hatte. »Komm nur heraus, Purzel, ich habe dich schon gesehen.«

»Er heißt Wutzel«, korrigierte Johann.

Als der Hund seinen Namen hörte, kam er gelaufen und setzte sich neben seinen Herrn.

»Das Tier sieht hungrig aus«, sagte Juliane. »Muss ich mich denn um alles kümmern?« Vorsichtig bückte sie sich und näherte ihre Finger dem früheren Feind. Die Herrin von Sonnbach streichelte Wutzel.

»Ja, du bist ein Guter«, sagte sie, wie man zu jemandem sprach, dem man noch nicht traute. »Du wirst ab jetzt auf meinen Johann aufpassen, sind wir uns da einig?«

Wutzel ließ ein kurzes, klares Bellen hören.

Julianes Hand zuckte zurück. »Schon gut.« Sie wandte sich wieder der Frühstücksgesellschaft zu. »Ach, und Johann –«

»Frau Cehringer?« Er konnte sich nicht erklären, weshalb er plötzlich so undeutlich sah. Was war nur mit seinen Augen los?

»Es wird hier in nächster Zeit, unmittelbar nach Ihrem Jubiläum, eine ziemliche Hektik geben.«

»Hektik? Wie darf ich das verstehen?«

»Ein weiteres Fest steht an.«

»Schon wieder?«, fragte er ehrlich überrascht. »Das Sommerfest war doch gerade erst.«

»Richtig. Aber soll man die Feste nicht feiern, wie sie fallen?« Sie lachte nervös, als fiele es ihr schwer, das Kommende anzukündigen. »Es wird eine Hochzeit auf Schloss Sonnbach geben.«

Instinktiv sah Alexandra zu Bernhard, der ebenso instinktiv zur ihr schaute. »Was für eine Hochzeit?«, fragte sie ihre Mutter.

Johann trat näher. »Darf ich fragen, wer die Glücklichen sind? Wer will denn heiraten?«

»Ich natürlich«, antwortete Juliane. »Ich muss doch sehen, dass mich noch einer nimmt.« Sie streckte die

Hand aus. Otto Türkheim legte die Serviette beiseite, stand auf und umarmte sie.

»Mama – ?« Alexandra lief zu Juliane.

Die Herrin von Sonnbach sah sich umringt von Gratulanten. Die Fragen, die gestellt wurden, das Lachen und die Freude, die Tränen und die Segenswünsche hörte man weithin, durch den Wald, durch das dichte Laubwerk der Ebereschen und Buchen, über die Wiesen mit ihren Witwenblumen, dem weißblühenden Thymian, dem Fuchsschwanz-Klee, dem Blutweiderich und der Heidenelke. Man hörte sie, getragen vom Wind, der im Schwarzwald immer wehte, auf den Hängen bis hinunter ans Wasser, das aus den Bergen kam. Unter den dunklen Tannen, auf den bemoosten Felsen wurden die Stimmen leiser, bis sie sich beim Weiher endgültig verloren. Das Glück aber blieb, das Glück des Sommers. Das Glück dieses Sommers im Schwarzwald.

••••

Lena Johannson
Zwischen den Meeren
Vier Frauen und ein Jahrhundertbauwerk, das die Welt verändert
Roman
409 Seiten. Klappenbroschur
ISBN 978-3-7466-3945-1
Auch als E-Book lieferbar

Vier Frauen, vier Schicksale – verbunden durch ein blaues Band

Kiel 1886: Seit Stine denken kann, ist das alte Puppentheater ihres Großvaters das Herzstück des Kolonialwarenladens ihrer Familie. Hier hat sie ihre Leidenschaft für das Geschichtenerzählen entdeckt. Doch statt, wie von ihr erträumt, gemeinsam mit ihrer großen Liebe Thorin auf der Bühne zu stehen, muss sie im Geschäft aushelfen, obwohl immer weniger Kunden kommen. Währenddessen wünscht Sanne sich nichts sehnlicher, als zu studieren und Gebäude zu konstruieren, wie schon ihre Großväter. Regina sieht sich nach dem Tod ihrer Brüder gezwungen, eine Vernunftehe einzugehen. Doch dann wird der Bau einer gigantischen Wasserstraße beschlossen, die die Meere miteinander verbinden soll. Ein Jahrhundertprojekt, das nicht nur die Schicksale der drei Frauen verändert, sondern auch das Leben von Mimi, der Tochter des Kanalplaners.